KB110352

그대의 노래가 되고 싶다

The Dream of K-Pop Dome

The Dream of K-Pop Dome

그대의 노래가 되고 싶다

최재황
장편소설

도서
출판 산다

| 차례 |

| 일러두기 |

■ 이 책은 소설이며 소설로만 읽혀야 합니다.

■ 의도적으로 표준말을 사용하지 않은 경우가 있습니다.

■ 글의 호흡을 살리기 위해 일부러 줄을 바꾸거나
  한 줄 띄우기를 한 부분이 있습니다.

■ 참고한 자료는 다음과 같습니다.

• 『한반도의 외국군 주둔사』(이재범 외 지음, 중심, 2001)
• 『K-Pop의 고향 동두천』(브랜드스토리 지음, 멋진세상, 2012)
• 『제2차 핵 시대』(폴 브래큰 지음, 아산정책연구원, 2014)
• 『제4차산업혁명』(클라우스 슈밥 지음, 새로운현재, 2017)
• 『대중경제론』(김대중 지음, 청사, 1986)
• 『전복과 반전의 순간』(강헌 지음, 돌베개, 2015)
• 『6.25전쟁 1129일』(이중근 지음, 우정문고, 2014)
• 『6.25전쟁 피해현황 통계』(국가기록원)

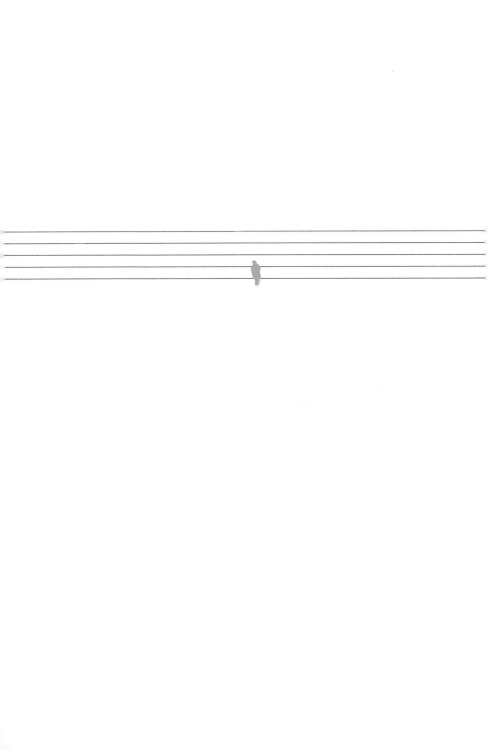

●● 탐색

혁명과 전쟁은 늘 명明과 암暗을 함께 데리고 다닌다.

제1,2차 산업혁명으로 체력을 보강한 서구西歐의 강국들은 새로운 먹잇감을 찾아 비틀거리고 있는 청나라와 그 인근을 기웃거리다 아편전쟁1839~1842, 1856~1860을 계기로 동아시아를 더 만만하게 보고 출몰이 잦아졌다.

명치유신1853~1877으로 근대적 통일국가를 이룬 일본은 왜倭나라 때부터의 오랜 꿈이었던 대륙 진출을 위해 준비를 착착 진행하고 있었는데 상당한 힘을 비축한 단계여서 서구 강국들이 함부로 넘볼 수 없었을뿐더러 약삭빠른 외교로 서구 열강의 비위를 거스르지 않아 그들과 원만한 관계를 맺고 있었다.

이 무렵 조선은 순조1800(10세)~1834때부터 나이 어린 임금들이 즉

위와 결위를 반복하다 1863년 12세의 고종이 흥선대원군의 등에 업혀 즉위를 하는데 이후 열강의 각축장이 되고 만다.

서구의 열강이 아프리카, 아메리카, 오스트레일리아, 인도, 동남아시아 등 지구의 큰 땅을 다 차지하고 어디 더 먹을 곳이 없나? 하면서 동아시아로 몰려오는데 당시 국제정세를 잘 파악할 능력이 없던 조선은 이 나라 저 나라로부터 탐색의 잽jab을 맞고 그로기 groggy 상태에서 일본에 합병 당한다.

서구인들이 자국 밖으로 눈을 돌려 확장을 도모한 것은 종교와 영토의 확장 욕망 때문이었다.

일본의 대륙 진출 시도, 청나라의 한반도 기득권에 대한 미련, 러시아의 부동항不凍港 확보, 영국, 프랑스, 미국의 동아시아 전초기지 마련, 러시아와의 이해관계에 따른 독일의 입장 이런 것들이 얽혀 고종이 즉위한 후 한반도는 당시 지구상에서 가장 주목받는 곳이었다. 정작 고종은 그들의 속뜻이 무엇인지도 잘 모르고 있는 상태에서.

그 무렵 한반도 주변에서 일어난 국제적인 사건을 중심으로 시대 상황을 살펴보면

고종 즉위 3년차인 1866년 2월에 대원군은 프랑스 신부 9명을 처형하였다. 천주교 탄압사건인 병인박해병인사옥 1866~1873의 시발

점인데 옛날이나 지금이나 사람을 함부로 죽이면 큰 사건으로 번지는 계기가 된다. 프랑스는 보복을 선언했고 그때 대포 등으로 무장한 미국 상선 '제너럴 셔먼호'가 대동강을 거슬러 올라왔다가 강물이 줄어서 어영부영하고 있는 사이 1866년 8월 평양 감사 박규수가 화공火攻으로 배를 불태우고 선원을 몰살시켰다.

1866년 10월 프랑스는 신부 처형을 보복하기 위해 군함 7척과 600여 명의 병력을 보내 강화도 일대에서 전투를 벌였으나 패하고 철수하였다. 이를 병인양요라 한다. 이때 프랑스가 많은 자료를 탈취해 가서 서구에 우리 문화 수준이 알려지기도 했는데 이 사건은 조선이 청나라의 종속국가가 아닌 독립국가라는 사실이 명확히 알려지는 계기가 되기도 했다.

1871년 5월 고종이 즉위한지 8년 째 되는 해 미국은 제너럴 셔먼호 사건을 보복한다는 명분으로 군함 5척과 1,230명의 병력을 동원, 역시 강화도로 침공하였으나 격퇴되었다. 이를 신미양요라 한다.

1875년 9월 고종 12년 이제는 일본이 나섰다. 일본은 영국에서 수입한 군함 운요호雲揚號 운양호를 강화도에 보내 약탈을 한 후 퇴각하였다.

이 사건을 계기로 1876년 2월 전함을 앞세운 일본은 강화도에 상륙하여 '강화도조약병자수호조약, 조일수호조규'을 체결하고 부산, 원산, 인천을 개항 받았다.

이후 서구의 열강들은 앞다투어 조선과 수호통상조약修好通商條約을 맺었다. 미국1882, 영국1883, 독일1883, 러시아1884, 이탈리아1884, 프랑스1886, 오스트리아1892 등

이런 일도 있었다.

영국군은 조선에 알리지도 않고 1885년 4월부터 1887년 2월까지 23개월간 거문도를 무단으로 점유했다. 막사도 짓고 홍콩에서 거문도까지 해저 통신케이블을 설치하기도 했다. 일본 접대부가 나가사키에서 출장 매춘을 나왔다는 기록도 있다. 영국군이 이곳을 점유한 것은 동북아 패권에서 뒤지지 않겠다는 의지와 러시아의 남진정책을 저지하겠다는 뜻이 담겨 있었는데 전략적으로 큰 역할을 할 수 없다는 판단이 서자 철수했다. 조선의 고종은 영국군이 조선에 들어온 사실조차 모르고 있다가 청나라를 통해 알게 되었다. 이 사건은 비록 육지가 아니고 섬이었지만 한반도에 서양의 군대가 주둔한 첫 사례이다.

1894년 6월부터 1895년 4월까지 조선을 사이에 두고 청일전쟁이 일어났으며 일본이 이겼다. 조선 땅의 일부에서도 전투가 벌어졌으며 1895년 2월 산둥반도 웨이하이威海 위해에서의 딩루창丁汝昌 정여창이 이끄는 청나라 해군의 패전은 뼈아팠고 일본에게는 승전을 안겼으며 당시의 상흔이 웨이하이 유궁다오劉公島 유공도 갑오전쟁 박물관에 생생히 보관되어 있다. 딩루창은 항복 후 자결하였다.

일본은 승전의 댓가로 청나라로부터 거액의 돈을 받았고 랴오둥遼東 요동반도, 타이완臺灣 대만 등을 할양 받았으며 아시아에서 주도권을 쥔 나라가 되었다. 랴오둥반도는 러시아의 압력으로 나중에 청나라에 돌려주는데 이는 러시아와 일본의 갈등이 깊어지는 계기가 되었고 러시아가 극동에 대한 관심이 아주 컸음을 의미하기도 한다.

고종 즉위 32년 차인 1895년 일본인 자객에 의해 명성황후가 살해을미사변 되었다. 신변의 위협을 느낀 고종과 세자는 1896년 2월 경복궁을 나와 러시아 공사관으로 거처를 옮기고아관파천 1년간 머물렀다. 이 기간 중 러시아는 고종의 환궁에 대비한 경비병을 훈련시킨다는 명분으로 군사교관단 14명을 파견하였다. 이는 청일전쟁에서 일본이 승리하자 아시아에서의 영향력 약화를 우려한 러시아의 다목적 카드였다.

러시아공관에서 나와 거처를 경운궁慶運宮 지금의 덕수궁으로 옮긴 고종은 1897년 2월 5일 국호를 대한제국大韓帝國 1897~1910으로 고치고 황제에 즉위하여 1907년 7월까지 재위하다 일본의 강압에 의해 아들인 순종에게 자리를 물려주고 퇴위하였다.

일본은 명치유신1853~1877 기간 중에 포함砲艦을 앞세운 미국과 미일수호조약1858을 맺고 이어 영국, 러시아 등과도 조약을 맺어 나라의 문을 열었다. 이 나라들 중에 1,2차산업혁명의 중심국가인 영국과의 교류가 활발했다. 운요호雲揚號 운양호도 이때 영국에서 수입한 전함戰艦이다. 일본이 영국처럼 자동차가 도로의 좌측으로 통행자동차 우측에 운전대를 설치하는 제도도 이 때 결정 된 것이다. 서양문물을 본격적으로 받아들이기 시작한 일본은 급속도로 산업화가 진전되었고 청일전쟁에서 승리하는 등 괄목할 만한 성과를 내기 시작했다.

러시아는 유럽 쪽에서의 부동항不凍港 확보 전략이 독일의 견제와 회유로 어려워지자 아시아로 눈을 돌려 요동반도, 만주지역, 아관파천을 계기로 친러 세력을 확보한 조선에 부쩍 많은 관심을 갖기 시작했고 1903년 일본에 대하여 만주 독점권을 러시아에 넘겨줄 것과 대한제국에서 일본의 군사활동 제한 및 북위 39°이북평양 바로 아래의 중립지대 설정을 요구하였다. 한반도 분할이 이때부터 싹텄음을 알 수 있는 대목이다.

이런 러시아에 불만을 가진 일본의 선공先攻으로 1904년 2월 일본은 러시아와 전쟁을 시작했고 1905년 5월 진해만에 대기하고 있던 일본 함대가 러시아의 발틱함대를 격파하여 일본의 승리로 전쟁이 끝났다. 러시아는 이 전쟁으로 사할린의 일부북위 50° 이남를 일본에 빼앗겼다. 1902년 일본과 동맹을 체결한 영국은 이 전쟁에서 일본의 든든한 후원자였다.

러일전쟁에서 일본의 승리는 한반도의 운명을 바꿔 놓았다.

일본은 1905년 11월 대한 제국과 '을사보호조약'을 체결하고 외교권을 박탈하여 대한 제국을 식물植物국가로 만들었다.

대한제국을 손아귀에 쥔 일본은 1910년 8월 29일 대한제국의 통치권을 일본이 양여 받는 '한일병합조약'을 체결하였다.

청일전쟁에 패한 후 서구 열강에 시달리며 내우외환을 겪고 있는 청나라1616~1912, 러일전쟁에서 패한 제정 러시아1721~1917, 당시 일본에 우호적이었던 영국, 미국 등 어느 나라의 간섭도 없이 일본은 러일전쟁의 전리품으로 대한 제국을 총 한방 쏘지 않고 이완용을 앞세워 그들의 나라로 만들어 버렸다.

이렇게 대륙 진출의 교두보를 마련한 일본은 신해혁명으로 청나라를 멸망시킨 중화민국1912~1949의 장제스蔣介石 장개석 국민당 정부를 상대로 만주전쟁을 일으켜 승리한 뒤 중화민국의 동북 3성 지역에 그들의 허수아비 정권 만주국1932~1945을 세웠다. 일본은 다시 중일전쟁1937~1945을 시작하여 베이징, 톈진, 상하이, 난징 등 중화민국의 주요 지역을 점령하고 제2차 세계대전이 끝날 때까지 중화민국과 전쟁을 벌였다.

제정 러시아도 1917년 볼셰비키 혁명에 의해 붕괴되고 레닌에 의한 소비에트 사회주의 연방공화국蘇聯 소련 1922~1991이 수립되었다.

●● 발단

1939년 독일의 폴란드 침공으로 시작된 제2차 세계대전은 독일, 이탈리아, 일본이 1940년 9월 베를린에서 3국 동맹을 체결하여 2차 세계대전 주축국이 되었고 급기야 1941년 12월 8일 일본이 미국 하와이의 진주만을 공습하여 미국까지 참전하는 인류 역사상 가장 큰 전쟁이 되었다.

독일은 1945년 5월 항복하였고 일본은 미국이 1945년 8월 6일 히로시마, 8월 9일 나가사키에 원자폭탄을 투하하자 8월 15일 항복했다.

제2차 세계대전 은 세계의 판도를 바꾸어 놓았다.

제2차 세계대전의 승전에 결정적 역할을 한 미국은 세계 요충지에 그들의 군대를 그대로 주둔시켰고 승전을 눈앞에 두고 있던

1943년부터 주요 연합국미국, 영국, 프랑스, 소련, 중화민국은 전후戰後 처리방안을 놓고 몇 차례 회담을 하였다.

1943년 11월 미국의 루스벨트, 영국의 처칠, 중화민국의 장제스는 카이로에서 만나 일본의 본토는 연합국이 건드리지 않고 그대로 둘 것이며 한국을 자유국가로 독립시킬 것이라 선언을 하였다.

미국의 루스벨트, 영국의 처칠, 소련의 스탈린은 1945년 2월 우크라이나 얄타에 모여 독일을 미, 영, 프, 소 4국이 분할점령하기로 했고 소련은 일본을 상대로 한 전쟁에 참여하고 러일전쟁에서 잃은 사할린 땅을 반환받기로 합의했는데 일본에 원자폭탄이 투하된 하루 뒤인 1945년 8월 8일에 참전을 했다.

미국은 얄타 회담을 준비하면서 한반도도 미국, 영국, 중국, 소련이 분할 점령하는 안을 마련하였으나 정식으로 거론하지는 않았다.

1945년 7월 미국의 트루먼, 영국의 처칠이 독일의 포츠담에서 만나 독일도 항복했으니 일본도 항복할 것을 권유하고 항복 후 일본은 무장을 해제하고 일본의 영토는 일본이 무력으로 점령한 곳은 제외시키며 한국의 독립을 재차 확인하는 선언문을 작성했고 이후 중국과 소련이 서명하였으며 일본은 이를 계속 거부하다 원자폭탄이 투하된 뒤 8월 15일 이 선언을 수락하고 항복한 것이다.

이렇게 제2차 세계대전은 끝이 났다.

전쟁이 끝난 후 독일은 얄타 회담에서 결정한 대로 미국, 영국, 프랑스, 소련이 분할 점령하여 1949년까지 약 4년간 통치한 후 미국, 영국, 프랑스가 점령한 지역은 독일연방공화국서독, 소련이 점령한 지역은 독일민주공화국동독이 수립되어 분단되었다.

일본열도 4개 섬 등 애초의 일본 영토를 제외 한 일본이 전쟁을 통하여 점령한 지역은 원래 소속국가에 반환되거나 재건국이 시작되었는데 한반도의 사정은 달랐다.

1945년 8월의 국제정세는
루스벨트 대통령의 미국, 처칠 수상의 영국은 국내 정치가 안정되어 있었던 반면 중국은 일본이 항복하는 순간까지 중화민국 본토를 점령한 일본군을 상대로 전쟁을 치르는 중이었고 장개석은 공산당과 마오쩌둥毛澤東 모택동의 등장으로 국내에서 주도권을 확보하지 못한 상태였으며 소련의 스탈린도 레닌이 사망한 후 트로

츠키와의 치열한 싸움 끝에 권력을 쥐어 새로운 사회주의 국가를 다지는데 여념이 없었다.

 1945년 8월 8일 일본을 상대로 선전포고를 한 소련은 8월 9일부터 150만 명의 병력과 대량의 무기를 동원, 극동지역으로 남진하기 시작하여 만주지역을 점령하고 한반도는 12만 5천 명의 병력을 북한의 주요 지역에 진주시키며 남쪽으로 내려오다 1945년 8월 28일 북위 38°선에서 남진을 멈췄다.

 당시 소련군에 소속되어 있던 김일성은 1945년 9월 19일 항일유격대의 일부를 이끌고 원산항을 통해 북한 땅에 들어왔다.

 한편 미군은 태평양 여러 섬에 포진한 일본군의 저항에 부딪혀 일본 본토 점령이 늦어졌다. 한반도 38°선 이남에는 1945년 9월 6일 군용기 편으로 미군 선발대가 김포공항으로 처음 들어왔고 인천으로 다수의 병력이 상륙하여 9월 9일 서울에서 일본군으로부터 항복을 받았다. 이후 38°선 이남에 주둔한 미군의 숫자는 7만 명에 달했다.

 한반도 분단의 상징 38선線!

미군과 소련군에 의한 한반도 분할 점령선이 북위 38°선으로 결정된 것에 대하여는 여러 설說이 있는데 미군의 딘 러스크 대령은 경계선 횡축이 짧아 관리에 용이한 39°선을 제시했으나 에이브 링컨 준장에 의해 38°선으로 결정되었다는 것이 정설定說로 굳어 가고 있다.

소련이 마음은 굴뚝같았으나 38°선에서 남하를 멈춘 것은 당시 미국이 결코 무시하거나 함부로 할 수 없는 상대였고 러일전쟁에서 패한 경험이 있어 이것저것 재다 미국이 원자폭탄을 투하한 후에야 참전한 주제에 얌체짓을 할 수도 없었을 터였고 러시아가 주장하여 러일전쟁의 단초가 되었던 북위 39°선 이북에 대한 중립화 요구 당시의 선보다 1°나 더 남쪽으로 경계선이 결정되었으니 내심 쾌재를 부르고 수용했을 것이라 추정된다.

이렇게 얄타회담 준비과정에서 입안되었던 한반도 4국미, 영, 중, 소 분할 점령 안은 유야무야 되었고 한반도에 주둔하고 있던 62만 명의 일본군에 대한 무장해제가 미군과 소련군에 의해 진행되기 시작했다.

1945년 12월 미국, 소련, 영국의 외상外相들이 모스크바에 모여 '모스크바 3상회의'를 열어 한반도에 독립국가를 수립하기로 하고 임시정부를 만들기 위해 미군과 소련군의 대표를 임명하여 '미·소 공동위원회'를 설치하고 일정 기간의 신탁통치에 관하여 협의하기로 결정한다.

1946년 1월, 1947년 5월 두 차례 미·소 공동위원회가 개최되었으나 별다른 성과 없이 끝났다.

한반도의 38°선 남쪽과 북쪽에서 각각 미군과 소련군에 의한 약 3년간의 군정軍政을 거친 후 남쪽에서는 1948년 8월 15일 이승만을 대통령으로 하는 "대한민국이하 '한국'이라 약칭"이, 북쪽에서는 1948년 9월 9일 김일성을 수상으로 하는 "조선민주주의인민공화국이하 '조민국'이라 약칭"이 수립되었다.

이렇게 미국과 소련은 한반도의 남쪽과 북쪽에 자국에 유리한 정권을 세워 놓고 미군은 1949년 6월 29일, 소련군은 1949년 9월 19일 한반도에서 철수하여 군정은 종식되었고 한반도에서 외국군대는 일단 사라졌다.

한반도의 문제는 여기서 끝이 아니었다.

1950년 6월 25일 소련제 무기로 중무장한 김일성의 조민국 군대가 대한민국을 상대로 전쟁을 시작하였다.

6.25 전쟁 발발 시 주요 각국의 움직임은

마오쩌둥이 중국 대륙에서 중화민국의 장제스를 타이완 섬으로 축출하고 1949년 중화인민공화국을 새로 건국하여 나라의 기틀을 다지고 있었고 스탈린의 소련은 공산주의의 맹주가 되기 위하여 힘을 기르고 있었다.

미국과 영국이 협의 끝에 미국 루스벨트의 주도로 1945년 10월 24일 국제연합UN을 창립하였다. 미국, 영국, 프랑스, 장제스의 중화민국, 소련 등 주요 강국들이 가입하였으나 새로 나라를 세운 마오쩌둥의 중화인민공화국은 미가입 상태였다. 그 사이 미국의 대통령은 트루먼으로 바뀌었다.

1950년 6월 25일 조민국이 한국을 침공하자 미국의 트루먼은 6월 29일 개입을 선언했고 한반도에서 철수했던 미군이 1950년 7월 1일 부산에 상륙하여 한국 땅에 미군의 주둔이 다시 시작되었다.

UN은 연합군을 구성하여 1950년 7월 27일 참전을 하게 되는데 병력 파병 16개국, 의료지원 5개국 등 총 63개국이 참여했다.

조민국의 군대는 개전 37일 만인 1950년 8월 7일 한국의 낙동강까지 밀고 내려가 낙동강 전투를 벌이게 되고 1950년 9월 15일 맥

아더의 인천상륙작전으로 전세가 뒤집혀 1950년 10월 19일 한국 군이 평양으로 들어갔다. 전황이 이렇게 되자 김일성은 마오쩌둥에게 지원을 요청하여 1950년 10월 19일 중공군중국 인민해방군이 정식 명칭이나 6.25 전쟁에는 중국 인민지원군이란 이름을 달고 참전함이 6.25 전쟁에 참전하게 된다. 한국군은 1950년 10월 26일 압록강 초산까지 진격하였으나 더 많은 중공군의 참전으로 1950년 12월 15일 흥남철수를 하고 조민국의 군대는 1951년 1월 4일 서울을 다시 점령한다. 이후 유엔군이 반격을 하여 서울을 되찾은 뒤 중공군은 공세를 멈추고 현재의 휴전선 부근에서 지루한 공방전을 펼치며 전쟁은 교착상태에 빠지게 된다. 이렇게 되자 양측은 1951년 6월 23일부터 휴전을 거론하기 시작하여 1953년 7월 27일 '정전협정'이 체결되고 전쟁이 멈췄다.

정전협정停戰協定 Armistice Agreement의 정식명칭은 '국제연합군 총사령관을 일방으로 하고 조선민주주의인민공화국 최고사령관 및 중국 인민지원군 사령원을 다른 일방으로 하는 한국 군사정전에 관한 협정'으로 판문점에서 한글, 한문, 영문으로 작성되었으며 협정문 하단 좌측에 조선인민군 최고사령관·조선민주주의인민공화국 원수 김일성이 펜으로 서명했고 중앙에 중국인민지원군 사령원 펑더화이彭德懷 팽덕회가 붓으로, 우측에 국제연합군 총사령관 미국 육군 대장 마크 W 클라크가 펜으로 서명하여 발효됐다.

협정문의 제1조에 군사분계선과 비무장지대DMZ에 관한 내용이 명시되어 있다.

이 정전협정문의 한글판은 공병우 박사가 만든 타자기로 작성되었다.

6.25 전쟁으로 총 137만여 명의 사망자가 발생했다.

한국군 13만 7천 명, 한국 민간인 24만 5천 명, 북한군 52만 명, 북한 민간인 28만 2천 명, 미군 3만 4천 명, 중공군 14만 9천 명, 기타 유엔군 3천여 명 등.

정전협정문에는 해상경계선이 명시되어 있지 않았다.

남북 간에 가끔 문제가 되는 NLLNorthern Limit Line 北方限界線 북방한계선은 1953년 8월 30일 클라크 대장이 당시 국제적으로 통용되던 영해 기준 3해리에 입각하여 서해 5도와 북한 땅 황해도 지역의 중간에 그은 남북간 해상경계선이다.

이렇게 휴전이 되자 한국과 미국은 1953년 10월 1일 한미상호방위조약韓美相互防衛條約을 체결했고 1954년 11월 18일에 발효되어 현재에 이르고 있다.

이 조약은 유효기간이 따로 정해져 있지 않다.

주한미군의 주둔이 조약상 의무는 아니며 철수 여부는 미국의 의사에 달려 있다.

1978년 11월 8일에 창설된 한미연합사령부도 조약의 협의사항에 따라 설치 된 것이지 의무사항은 아닌 것이다.

6.25 당시 한반도에 들어온 중공군은 한때 60만 명에 달한 적도 있다 하는데 휴전 후는 25만 정도의 병력을 유지하다 김일성의 요청에 의해 참전 후 8년 만인 1958년 9월 중국으로 돌아갔다.

이후 조민국과 중화인민공화국은 1961년 7월 11일 김일성과 저우언라이周恩來 주은래가 서명하여 서로 이의를 제기하지 않으면 20년씩 자동 연장되는 '조중동맹조약조중 우호·협조 및 호상원조에 관한 조약'이란 안보동맹조약을 체결하여 현재에 이르고 있다.

조민국과 소련 사이에는 1961년 7월 6일 체결된 '조소우호협력 및 상호원조조약'이란 군사동맹조약이 있었으나 소련이 붕괴된 후 러시아 옐친 대통령이 연장을 하지 않아 1996년 9월 10일 효력이 상실되었고 2000년에 '조러친선선린조약'을 체결했는데 자동 군사 개입 조항이 없는 친선조약이다.

한반도에 들어온 미군의 숫자는 6.25 전쟁 중에는 30만 명을 상

회한 적도 있었고 1960년대 말까지 6만여 명이 주둔하다 계속 줄
어들어 2018년 현재 약 2만 5천 명이 주둔하고 있다.

이렇게 한반도는 미군과 엮이게 된 것이다.

세계경제포럼을 1981년부터 이끌고 있는 독일의 '클라우스 슈밥'
이 2016년 1월 세계의 각 분야 두뇌들이 모인 스위스 산골마을 다
보스에서 제4차 산업혁명이 시작되었음을 선언하였다.
　이 내용을 기초로 한 '제4차 산업혁명'이란 책은 세계 각처에서
불티나게 팔려나갔다.
　보통 사람들의 생활에서 '산업혁명'이란 단어가 거의 사라져 갔
는데 선언 당시 78세의 노인에 의해 이 단어가 부활했고 이제 '제4
차 산업혁명'이란 단어는 정치, 경제, 사회 거의 모든 분야에서 일
상어日常語가 되었다.

　다 아는 바와 같이
　제1차 산업혁명은 1782년 제임스 와트가 증기기관을 발명하면
서 시작된 기계화 혁명으로 이 혁명이 진행되는 동안 미국의 남북
전쟁1861~1865이 있었다.
　제2차 산업혁명은 1870년부터 전기에너지를 기반으로 출발한

대량생산 혁명이다. 이후 제1차 세계대전1914~1918과 제2차 세계대전1939~1945, 6.25 전쟁1950~1953 같은 큰 전쟁을 세 번이나 치렀다. 혹자는 많은 나라들이 참전한 6.25 전쟁을 제3차 세계대전이라 말하기도 한다.

제3차 산업혁명은 인터넷1969과 PC1981의 발명에서 촉발된 디지털을 기반으로 한 정보화, 자동화 혁명이며 근래 스마트폰에서 거의 완성단계에 이르렀다고 볼 수 있다. 이 혁명이 진행되는 동안 베트남전쟁1964~1975, 걸프전1990~1991, 아프가니스탄전쟁2001~2002, 이라크전쟁2003이 있었다.

그런데 '클라우스 슈밥'이 2016년에 세상은 초연결, 초융합, 초지능에 의한 제4차 산업혁명이 시작되었다고 선언한 것이다.

보통 한 개인이 이런 화두를 던졌을 때 반대 의견도 많이 제시되고 격한 논쟁이 일곤 하는데 세계는 별다른 이론 없이 이 노인의 주장에 동의하고 각국은 이 4차 산업혁명의 앞자리에 서기 위하여 각축角逐을 벌이고 있다.

일부 사람들에게는 이 '제4차 산업혁명'이란 단어가 '제4차 세계대전'이란 의미로 변환되어 다가오고 있다.

그렇다면 '제4차 세계대전'은 언제 어디서 어떤 형태로 일어날까?!

전쟁이 역사를 만드는지 역사의 반전 시점에 전쟁이 일어나는지를 잘 알지 못하겠으나 꼭 무슨 큰 일이 일어날 것만 같은 예감이 든다.

역사적으로 전쟁의 결과에 따라 승전국이 주도권을 쥐는 것은 당연하고 새로운 역사를 만들어 간다. 제2차 세계대전의 승전국 미국은 근래 70여 년 세계의 패권을 쥐고 2018년 현재 약 130만 명의 병력을 유지하며 세계 59개 국가에 18만 여명의 군인을 주둔시키고 그들에게의 도전을 용납하지 않아 왔다.

해외 주둔 미군의 숫자가 많은 순서대로 살펴보면 일본 5만 5천, 독일 3만 5천, 한국 2만 5천, 이탈리아 1만 3천 명 등이다.

주로 제2차 세계대전 패전 국가에 집중되어 있음을 알 수 있다.

한국에 2만 5천 명의 미군이 주둔하고 있는 것은 제2차 세계대전 종전 당시 한반도가 일본에 속해 있었다 할지라도 앞에서 거론한 미군의 전개 과정을 잘 알지 못하면 이해하기가 어렵고 억울하게 생각하기 십상이다.

•• 베이비부머

 한국에서는 1955년부터 1965년 사이에 태어난 사람들을 베이비붐세대라 한다.

 전쟁통에는 애를 낳는 것 자체가 힘들었고 전쟁이 멈춘 뒤 주거문제를 비롯한 일상생활이 어느 정도 안정되자 너도 나도 미루었던 결혼과 출산을 해서 인구증가율이 약 3% 정도에 이를 정도로 아이가 많이 태어났다.

 이 시대의 특징은 곤궁은 면하지 못했으나 교육체계가 서서히 자리 잡혀 감에 따라 자식의 교육에 대한 관심과 욕망이 강했다.

 하지만 일상생활이 안정되었을 뿐이지 삶의 질이나 소득이 향상된 상태는 아니어서 삶 자체에 대한 걱정거리는 더 많은 세상에서 태어나 베이비부머들은 고난한 삶을 살기 시작해야만 했다.

 늘어난 식구를 먹여 살리기 위해 가장들은 농촌에서 도시로 도시에서는 할 일을 찾아 나서는 것이 시대상이었다.

한국에서 베이버부머들은 참 특이한 존재들이다.
나이가 2018년 기준 53세에서 63세 사이로 6.25 전쟁 이후 현대
사의 주요 곡절을 다 겪었다.
한국의 베이비 부머들은 제1차 산업혁명 이후 약 200년 근현대
사의 퇴적물이라고도 볼 수 있다.

박사장朴師匠, 윤선애尹善愛, 장필운張弼雲, 정미소鄭微笑, 권종칠權
鍾七, 황송암黃松巖, 차심산車深山, 명돈담明敦談

이들은 6.25 전쟁이 멈춘 후 4년 뒤인 1957년 태어난 동갑내기
베이비부머다.

이들의 공통점은 한 두 가지가 아니다.
형제자매가 네댓인 경우는 양호한 편이고 예닐곱이 보통이었
다. 잠 잘 곳, 끼니를 때우는 일, 입을 옷, 학교에 다니는 일 등등 지
금은 아무것도 아닌 일상생활이 큰 걱정거리였을 때 태어났고 모
두가 서울 이외의 곳에서 국민학교를 졸업해서 중학교와 고등학교
를 추첨에 의하지 않고 시험을 치러서 입학한 마지막 세대이기도

하다.

이들이 네 살 때 4.19, 다섯 살에 5.16이 있었다. 일곱 살이 되던 해 광부들이 대거 서독으로 나갔고 여덟 살이 되었을 때 시작된 월남파병은 열일곱 살까지 계속됐으며 이 기간 중 건설 일꾼들은 중동 모래밭으로 뛰어들었다.

열 살 때는 간호사들이 독일로 나갔고 열두 살 때 김신조가 내려왔다. 박정희는 이들이 열세 살 때 삼선개헌을 했으며 열네 살이 되던 해에 전태일이 스물셋의 나이로 청계천에서 분신을 했다. 열여섯이 되었을 때 박정희는 10월 유신을 했다. 이들의 나이 열일곱이 되던 해 김대중이 한국으로 납치되는 일이 있었고 열여덟이 되던 해 삼성은 반도체 사업을 시작했다.

스무 살이 되던 해 현대는 한국산 포니 자동차를 처음으로 해외에 수출했다. 그리고 스물셋이 되었을 때 김재규가 박정희를 향해 방아쇠를 당겼고 전두환은 12.12사태를 일으켜 실권을 잡았다. 스물네 살 때 5.18 광주민주화운동이 일어났다.

서른이 되던 해 한국 땅에서 아시안게임이 열렸고 서른하나에 6.29 민주화선언이 있었으며 한국이 88서울올림픽을 개최했다. 그해 가을 전두환이 백담사로 들어갔으며 서른네 살 때 걸프전쟁과 석유파동이 일어났고 독일이 통일되었다. 서른다섯 때 소련이 해체 되었으며 서른일곱이 되던 해 김영삼이 금융실명제를 시행했고 서른아홉이 되었을 때 노태우와 전두환이 감옥에 갇혔다.

이들이 마흔하나가 되자 전쟁에 버금가는 고통을 준 IMF 구제금융이 있었고 마흔둘에는 금 모으기 운동이 있었다. 마흔넷이 되는 해 김대중이 평양에 가서 김정일을 만났고 노벨평화상을 수상했다. 마흔여섯에는 2002 월드컵이 개최되었다. 마흔일곱 때 이라크전쟁이 일어났고 마흔다섯에 9.11테러가 일어났다.

쉰 하나가 되던 해에 노무현이 평양에 가서 김정일을 만났다.

쉰셋이 되던 해에는 노무현이 바위에서 뛰어내렸고 한국은 UAE에 원자력발전소를 최초로 수출했다.

예순이 되던 해 촛불시위가 시작되어 박근혜를 탄핵으로 이끌었다. 예순하나가 되던 해 헌법재판소는 박근혜를 파면했고 박근혜가 구치소로 갔다. 이들이 예순두 살이 되는 2018년 평창 동계올림픽을 개최했고 이명박이 구치소로 들어갔으며 문재인과 김정은이 판문점에서 만났고 트럼프와 김정은이 싱가포르에서 만났다.

2018년 현재 한국의 인구는 약 5,160만 명인데 베이비부머가 약 700만 명으로 전체 인구의 14%정도이고 이 중 1957년생은 약 70만 명으로 전체 인구의 1.4%를 차지한다.

세계에서 하위권을 맴돌던 한국의 국내총생산GDP Gross Domestic Product이 세계 30위권 안으로 진입한 것이 1982년 이들의 나이가 스물다섯이 되던 해이고 세계 12위가 된 것이 1991년 서른넷이 되던 해이다. 그 후 한국은 2018년 현재까지 10위에서 15위 사이를 오르내리는 박스권을 형성하고 있다.

이 데이터를 보면 베이비부머들이 한국경제가 한 단계 점프하는 데 기여했음을 엿볼 수 있다.

이 베이비부머들의 자식들이 1980년대 초에서 2000년대 초에 태어났다. 이들을 소위 밀레니얼세대millenials라고 한다. 이들은 고학력에다 3차 산업혁명의 꽃인 스마트폰과 소셜네트워크서비스SNS 등을 아주 능숙하게 다루며 자기표현 욕구가 강하다. 온라인 쇼핑을 즐기고 게임을 하면서 과제까지 한다. 멀티태스킹에 능하다는 의미다. 건강과 식생활에 돈 쓰는 것을 아끼지 않으며 이전 세대와 달리 소유보다는 공유를 추구한다.

한국에서 밀레니얼스의 활약상은 놀랍다.

K-Pop을 비롯한 각 분야의 한류韓流가 세계 곳곳으로 퍼지게 만든 주역이다. 국가의 큰 도움 없이 스스로 일구어 나간 것이 특징이다. 베이비부머는 한 가정에 형제자매가 많아 천덕꾸러기 대접을 받으며 자란 가운데 나라의 발전에 기여했다면 우리의 밀레니얼은 한 가정에 하나 아니면 둘인 환경에서 외롭게 자라며 이

루어 낸 성과라 더 기특하다. 예전이나 지금이나 부모가 자기 자식에 대한 만족도는 높지 않아 자식에 대한 불만이 있을 수 있는데 가정을 떠나 전체로 보면 이들은 훌륭하고 성과 또한 대단하다.

우리의 밀레니얼들이 한국경제를 세계 5위권으로 한 단계 더점프 시킬 것임은 틀림없어 보인다.

4차 산업혁명이 시작되었는데 4차 산업혁명을 4차 문명혁명이라고도 한다.

우리의 밀레니얼들은 이 조건에 딱 맞다.

이들은 베이비부머와 생활방식과 사고가 다르지만 4차 문명혁명의 시대에 딱 맞는 자질과 역량을 갖추고 있다.

베이비부머는 이런 밀레니얼들을 잘 키워 왔지만 이들을 더 뒷받침해주고 용기와 희망을 주어야 한다.

요즈음 일자리가 부족해 허덕이는 밀레니얼들이 많지만 베이비부머가 이 나이 때도 그랬다. 이들은 이를 잘 극복하여 베이비부머처럼 나라의 힘을 키우고 세계로 뻗어 나갈 것이고 그래야한다.

●● 턱거리

6.25 전쟁이 멈춘 후 제대로 된 일자리는 국가기관, 군대, 은행 등으로 극히 제한되어 있었다.

이런 상황에서 아주 보석 같은 일자리 하나가 있었는데 그게 바로 미군부대였다. 미군이 주둔한 동네에는 돈과 물자가 돌았고 활기가 넘쳐났다.

박사장朴師匠, 정미소鄭微笑, 장필운張弼雲, 차심산車深山은 동두천에서 태어났다.

권종칠權鐘七은 경상남도, 황송암黃松巖은 경기도, 윤선애尹善愛는 전라남도에서 태어나 부모를 따라 어린 나이에 동두천으로 왔다.

앞의 일곱 명은 동두천에서 같은 국민학교를 다녔다.

6.25가 나기 전 동두천은 평범한 농촌으로 논농사, 밭농사를 지으며 그럭저럭 생계를 유지하던 마을이었는데 전쟁을 치르는 과정에서 엄청난 숫자의 미군이 주둔하기 시작했다. 농사를 짓던 사람들은 농토를 잃고 당황했으나 미군부대에서 파생되는 여러 일자리와 일거리가 생기면서 새로운 일감을 찾아 생활을 하기 시작했다.

1963년 늦은 봄 해가 서산으로 기울기 시작할 무렵

여섯 살 박사장은 턱거리를 휘감아 도는 개울가 경사가 완만한 풀밭에 앉아 삘비를 뽑아 입에 넣고 씹으며 집이 있는 쪽을 바라보았다.

아직 굴뚝에서 연기가 피어오르지 않는 것을 보니 집에 가도 밥을 먹을 때가 아니고 가봐야 특별히 하고 놀 것도 어울려 줄 사람도 없어 동네를 비잉 돌아 집에 가기로 했다.

박사장네 집은 애초 양주군 이담면 보안리保安里, 후일 축산리와 합쳐져 보산리로 됨에서 농사를 짓다 6.25 전쟁이 끝날 무렵 미군부대가 자리 잡는 바람에 논 밭을 미군에게 내주고 같은 이담면 이곳 턱거리에서 방이 여러 개 달린 집을 마련하여 일부는 세를 놓고 아버지와 어머니는 이곳저곳에서 빨랫감을 가져다 빨래를 해 주는 일종의 세탁업을 하고 있었다.

개울이 가까워 물을 쓰기가 용이해 빨래하기 좋았고 빨래 후 옷 가지를 개울가 자갈밭에 널어 말리기도 좋아 빨래를 업으로 하기에는 아주 그만이었다.

빨랫감은 주로 아버지가 니야까손수레, 리어카의 일본말로 걷어오고 빨래는 어머니와 큰형의 몫이었다. 여러 개의 방 중 일부는 세를 주었는데 주로 외지에서 들어온 젊은 누나들이 살았다. 박사장은 5남 1녀 중 다섯째로 누나가 없다.

집안은 빨래 일 때문에 늘 바삐 움직였고 수입이 좋았는지 박사장이 혼자 걷고 말을 배우고 여섯 살이 되는 동안 밥걱정을 하지는 않고 살았다.

개울가를 따라 걷다 집으로 가는 골목으로 들어서니 해는 어느덧 기울고 어둠이 드리우기 시작했다. 굴뚝에서 연기가 피어오르기 시작하는 집의 대문에 들어서는데 세 들어 사는 누나들이 옷을 잘 차려 입고 두셋이 어울려 턱거리 안쪽 어딘가로 걸음을 재촉했다.

밥상에 둘러앉으니 아버지가 사장에게 말씀하셨다.
"사장이도 이제 학교 갈 나이가 되었으니 기역 니은도 좀 배우고 준비를 해라.

우리가 사는 이담면이 인구가 늘어 동두천읍으로 바뀐다고 하니
앞으로 살기도 좋아질 것 같다."

동두천시가 '동두천'이란 이름을 쓰게 된 것은 이담면이 동두천
읍으로 승격되면서부터다. 동두천시의 남북으로 흐르고 있는 천의
이름은 신천莘川이고 소요산 남쪽 기슭과 왕방산 서쪽 기슭에서 두
갈래가 발원하여 서쪽에서 동쪽으로 흐르다 광암동에서 합쳐져 미
군부대 캠프 케이시 가운데로 흘러 신천과 합류되는 길이 12.8km
의 개천이 동두천이다. 머리를 동쪽으로 두었다 해서 처음에는 동
두천東頭川이라 하다가 별 뜻도 의미도 없는 동두천東豆川으로 바뀌
었다. 박사장이 놀고 걷던 개울이 바로 동두천이었다. 한국에는 인
천仁川, 부천富川, 대천大川, 제천堤川, 서천舒川, 영천永川, 사천泗川, 홍
천洪川, 옥천沃川 등 내 천川자가 들어가는 지명이 꽤 되는데 이 동
두천東豆川이란 지명은 뜻도 애매하고 싱겁다.
　김천金泉, 예천醴泉의 천은 한자가 샘 천泉으로 뜻이 다르다.

"사장이는 공부 열심히 해서 이름값해야지! 사장 한 번 돼봐."
　사실 박사장의 한자이름은 朴師匠박사장으로 작명가가 학문과 기
예가 뛰어나 남의 스승이 되라고 지어준 이름인데 아버지는 社長사
장이란 뜻으로 말씀을 하시는 것이다.

아버지 말대로 그 해에 양주군 이담면은 양주군 동두천읍이 되었고 박사장은 여덟 살이 되자 국민학교지금의 초등학교에 입학하였다.

국민학교는 턱거리 산너머에 있었다. 많이 멀지는 않았지만 질러가려면 높지 않은 산길을 걸어 다녀야 했다. 이때 만난 동네 친구가 윤선애, 장필운, 정미소, 권종칠, 황송암으로 알고 보니 모두 턱거리 주변에 살고 있었다.

턱거리는 현재의 동두천시 불현동에 있는 동네로 행정동으로는 광암동에 속한다. 당시 광암동에서는 가장 큰 마을이었는데 조선 시대에 관찰사와 도승지를 지낸 황서가 태어나고 자란 마을이라 하여 승지골承旨谷로 불려 오다 일제 강점기 때 기촌基村으로 되었다. 마을 사람들은 해방이 되자 터 기基와 마을 촌村을 합성한 '터기리'라 부르다 어느 날부터 '턱거리'라 했고 6.25 이후 '턱거리'로 굳어졌다. 마을 우측 왕방산에서 흘러나온 남쪽 동두천 개울이 흐르는 사방이 산으로 둘러싸인 마을이다. 그런데 이 동두천이 신천과 합류하는 지점에 미군부대 캠프 케이시가 자리 잡고 턱거리 쪽으로 부대 후문이 생기면서 미군부대 배후 마을이 되어 1960년대에 마을이 급격히 커졌다. 1960년대의 분위기로 기지촌이 자리 잡기에는 안성맞춤인 동네였다. 미군부대에 터전을 내주고 이주해 온 사람, 일자리를 찾아 타지에서 들어온 사람들의 주택과 미군을 상대로 하는 클럽 등의 술집과 식당, 아가씨들의 숙소가 혼합되어 있었다. 턱거리가 동두천 기지촌의 원조인 셈이다.

이런 동네의 환경은 어린아이들이 국민학교에 들어가기 전까지 밖에 나가 자유롭게 놀 수 있는 분위기가 아니어서 한동네에 살아도 쉽게 친해지거나 어울릴 형편이 되지 않았다.

때문에 이들이 동네 친구로 서로 알고 자주 어울리기 시작한 것은 국민학교를 다니기 시작하고부터이다.

윤선애는 전라남도 강진에서 태어나 아버지를 따라 여섯 살 때 동두천으로 이사 와 턱거리 미군 사택에서 가까운 곳에 살았다. 선애의 아버지는 미군부대 일용직 노무원으로 일하고 있었다. 선애는 얌전하나 두뇌 회전이 빠르고 노래를 잘 했다.

장필운네 집안은 당시 이담면 축산리에서 제법 큰 농사를 짓고 있었는데 역시 농토가 미군부대에 수용당하는 바람에 턱거리로 나앉았다. 아버지가 궁리 끝에 영어 좀 하는 사람과 어울려 턱거리가 아닌 캠프케이시 정문 쪽 보산리에서 가게클럽를 운영하고 있다. 장필운은 6녀 1남 7남매 중 넷째로 외아들이다.

정미소의 아버지는 서울시립농업대학현 서울시립대을 나와 이담 면사무소에서 임시직으로 근무하다 영어를 꽤 하는 덕에 의정부에 있는 미 2사단 사령부 캠프 레드 클라우드에 군무원으로 취직이 되어 일하고 있다. 미소의 집은 방앗간을 했다. 턱거리 외곽 왕방산 쪽으로 조금 가다 보면 개울을 건너기 전에 자그마한 마을이 있는데 미소의 할아버지는 이곳에서 방앗간을 운영하고 있었고 미소의 아버지는 본격적으로 이 분야의 사업을 해 보려고 서울 동대문구에 있는 농대를 나왔는데 6.25 전쟁으로 우왕좌왕하다 전쟁이 멈춘 후 이 일대에 미군부대가 들어서다 보니 논밭이 다 없어졌고 방앗간의 일감이 확 줄게 되자 면사무소에서 임시직으로 일을 하다 미군부대 군무원이 된 것이다. 미소는 국민학교에 입학하기 전까지 주로 이 방앗간에서 놀았기 때문에 방앗간에 관하여 보고 들은 바가 많다. 미소는 연년생 3남 2녀 중 넷째다.

권종칠의 집은 박사장네 집 뒤편에 있었지만 국민학교에 들어가기 전에 이사를 와서 학교에 들어가서야 어울리기 시작했다. 권종칠의 아버지는 미군부대에서 일을 했다.

황송암도 역시 턱거리에 살았는데 국민학교에 들어가기 전 직업군인이었던 아버지를 따라 이곳 턱거리로 들어왔다.

국민학교에 입학한 후 서로 알게 된 이들은 늘 개울목에서 만나 함께 학교에 갔고 집에 올 때도 거의 같이 다니며 우정을 돈독히 한 그야말로 막역지우莫逆之友다.

이들이 3학년이 될 때까지는 수업이 오전만 진행되었다.

오전 수업이 끝나면 집에 돌아와 점심을 해결하고 미소네 방앗 간에 모여 해 질 녘까지 어울려 노는 것이 일상이었다.

4학년이 되자 수업을 오후까지 하게 되어 점심을 학교에서 먹게 되었는데 도시락을 싸 오는 친구들이 대부분이었지만 일부는 학교 에서 주는 옥수수죽으로 점심을 해결했다. 이때는 도시락을 벤또 辨當 ベント, 도시락의 일본말라고 했는데 노란색이나 회색의 알루미늄 으로 된 용기를 그렇게 불렀다. 동두천은 미군부대가 있어 다른 도 시보다 궁핍이 덜한 편이어서 도시락을 싸 오는 아이들이 많았고 반찬은 주로 미군부대에서 흘러나온 식자재로 만든 것들이었다.

오후까지 학교에서 수업을 하게 되면서 미소네 방앗간에서 노는 횟수는 줄어들었지만 노는 곳은 읍내 보산리 쪽으로까지 확대되 었다.

같은 동네는 아니지만 학교를 다니며 친해진 또 다른 친구로 차 심산이 있다.

오후 수업이 끝나면 종칠, 미소, 송암은 바로 집으로 갔는데 이들을 '미소파', 읍내 이곳 저곳을 기웃거리다 저녁 무렵에야 집으로 가는 사장, 선애, 필운, 심산을 '사장파'로 자기들끼리 이름을 지어 불렀다.

사장파는 학교가 끝나면 철길을 따라 보산리 쪽으로 걸었다. 일제시대에 완공된 이 경원선 철도는 단선으로 열차의 통행량이 많지 않았지만 턱거리에만 갇혀 살던 사장파는 어쩌다 지나가는 이 열차를 보게 되면 많이 신기해하고 열차 뒤꽁무니를 좇아 달려가곤 했다.

보산리는 턱거리와는 분위기가 좀 달랐다. 턱거리는 살고 있는 동네라 어른들 눈에 띌까 조심스레 지나다녀야 했지만 보산리는 자유로웠다. 필운의 아버지가 보산리에서 가게를 하고 있지만 저녁이 돼서야 가게 문을 열어 그리 염려할 일이 아니었다. 보산리는 우선 거리에 옷 가게, 식당들이 턱거리보다 더 많아서 덜 칙칙했다. 주변이 산으로 둘러싸여 있지 않아 그런대로 도시 분위기가 났으며 볼거리가 많아 사장파는 시간 가는 줄 모르고 이곳 저 곳을 둘러보며 돌아 다녔다.

국민학교 시절을 보낸 이들은 중학교 진학을 고민할 때가 되었다.

당시 시대상이 진학 문제는 본인의 뜻보다 부모의 의사에 의해 결정되던 시절이었다. 자식이 줄줄이 달린 부모들은 먹는 문제 이상 자식들의 교육에도 관심이 많았다. 자식의 성공이 곧 자신의 성공이기도 했다. 한국 사회는 전통적으로 장남이 우선이다. 장남은 어떻게 하든 공부시켜 출세하도록 해야 하는 강박관념이 지금보다 훨씬 강했고 장남을 위해 동생들을 희생시키는 그런 상황이었다. 그런데 이들 미소파와 사장파 중 장남은 황송암 하나뿐이었다. 이들의 형제 중 장남이나 언니, 누나들은 전쟁통에 공부하는 시기를 놓쳤고 동두천에 미군이 들어와서 부모들이 새로운 일거리를 맡아 일을 시작하면서 진학을 포기하고 현업에 종사하는 경우가 많았다. 우리의 현명한 부모들은 장남이나 장녀에게 공부할 기회를 주지 못한 것을 안타까워하며 장남 이외의 형제 중에 공부 좀 할 만한 자식들을 눈여겨보고 그들에게 희망을 거는 그런 분위기였다. 이러한 동두천의 분위기 덕에 미소파와 사장파는 모두 동두천에 있는 중학교에 진학을 하게 되는 데 지금과는 달리 서울 이외의 지방에서는 중학교도 시험을 치러 들어가야 했기 때문에 같은 중학교에 모두 진학할 수는 없었다. 이렇게 중학교를 다니던 중 권종칠은 자식에 대한 교육 열망이 높았던 어머니의 뜻에 따라 중학교 2학년 때 서울로 전학을 갔고 선애와 미소는 여중을 갔기 때문에 미소파와 사장파가 동네에서 같이 어울리는 기회가 줄어들었다.

중학생이 되면 남녀는 어느 정도 이성에 눈을 뜨기 시작하기 마련, 박사장은 미소와 선애가 가끔 생각났다. 박사장은 하교 후 미소네 정미소精米所 근처로 가서 미소를 기다렸다. 미소는 아직 학교에서 돌아오지 않았는지 볼 수가 없었다. 사장이 국민학교 다닐 때 정미소 옆으로 흐르는 개울가에서 미소와 놀던 생각이 머리를 스쳤다. 박사장은 짓궂게 놀기도 했지만 재주가 많아 개울 속에 들어가 물고기를 잡아와 미소를 놀래주거나 이쁜 돌을 찾아 내 미소에게 주고 꽃도 꺾어 주곤 했던 기억이 새롭다. 오늘은 미소를 만나지 못하는구나…

늦여름 날씨가 맑은 오후, 사장은 이번에는 꼭 미소를 봐야겠다 마음먹고 하교 후 곧장 정미소精米所로 가서 미소를 기다렸다. 해가 기울고 저녁 먹을 시간이 지났는데도 미소는 나타나지 않았다. 어두컴컴 해 단념하고 집으로 가려는데 미소와 선애가 같이 정미소 쪽으로 걸어오고 있었다.

박사장이 정미소精米所 뒤에 숨어 있다 불쑥 나타나자 미소와 선애가 동시에 "아이고 깜짝이야!" 하며 놀랐다.

"사장이 너 왜 여기에 있냐?!"

"응, 지나가다 너희들이 오길래 보고 가려고. 근데 뭣들 하다 이제 오냐?"

"공부하다 오지. 우리 같이 영어공부 시작했거든. 아빠가 의정부

미군부대에 다니는데 영어 잘하면 사는 데 도움이 된다고 책을 구해 주시면서 공부를 하라고 하셔서 학교 수업 끝나고 교실에서 선애하고 영어공부하고 집에 온다."

"그래? 공부는 잘되냐?"

"시작한 지 얼마 안 됐는데 그렇게 어렵지 않아. 선애하고 우리 집에 가서 저녁 먹고 조금 더 하고 놀려고 같이 오는 길이야."

그러고 헤어졌다.

간만에 본 미소와 선애에게서 어릴 적 개울가에서 맡았던 봄 풀 냄새가 났다. 둘은 조신하게 여성스러워져 가고 있었다.

반면 사장은 하교 후 필운, 심산 등 친구들과 어울려 보산리를 돌아다니기에 바빴다. 보산리는 구경거리가 참 많았다. 저녁 무렵이면 백인, 흑인 등 군복 차림의 이상하게 생긴 미군들이 삼삼오오 떼지어 보산리를 누볐다. 턱거리에도 미군들이 돌아다니지만 일단 집으로 들어오면 부모의 성화로 밖에 나갈 수가 없기 때문에 자유롭게 볼 수가 없었다.

이들은 이렇게 중학교 생활이 끝나가고 고등학교를 진학할 때가 되었다.

서울로 전학 간 종칠은 노는 것은 서툴러도 머리가 좋아 서울 명문 상고에 진학했다. 송암도 서울에 있는 고등학교를 들어갔다. 사장과 심산은 동두천에 있는 고등학교, 미소와 선애는 동두천에 있는 여상을 들어갔다. 필운은 고등학교에 진학하지 않았다.

종칠과 송암은 서울에서, 미소와 선애는 동두천에서 공부에 파묻혔다. 사장은 필운, 심산과 어울리며 동두천에서 고등학교 시절을 보내게 된다.

명돈담明敦談은 충청도에서 태어났다.

4.19와 5.16 이후 군사정권이 자유당정권의 잔재를 청산하는 과정에서 집안이 파편을 맞아 가세가 기울었고 국민학교를 마치고 가족과 함께 서울로 올라왔다. 소위 말하는 '혁명'은 새로운 일자리를 만들기도 하지만 한편으로는 실업자를 대량으로 만들기도 하는 역작용도 있었던 것이다.

명돈담과 권종칠은 서울에서 같은 고등학교를 다닌 친구다.

명돈담은 권종칠의 부모가 사는 동두천을 1999년부터 드나들다 박사장을 비롯한 앞에 등장하는 동두천 사람들과 친구가 되었다.

돈담敦談의 이름은 그의 아버지가 작명소에 가서 판검사가 될 수 있는 이름을 지어 달랬더니 작명가가 판검사 하려면 말을 잘해야 한다며 돈담敦談으로 지어줬다는 데 작명가의 얘기가 맞는지 틀리는지는 알 수 없는 노릇이었다.

　고등학교에 진학한 후 사장파와 미소파는 더 만나기가 힘들어
졌다.

　서울로 간 종칠과 송암은 방학 때나 잠깐 얼굴을 볼 수 있었고
선애와 미소도 공부에 빠져 두문불출이었다. 박사장과 차심산은
사는 동네가 달라 만나기 힘들었고 장필운은 어쩌다 동네에서 보
는데 보산리에 있는 아버지 가게 일을 도와드리고 있다 했다.

•• 기지촌

 이들이 고등학교에 입학한 1973년의 국내외 정세는 좀 심란했
다. 김대중이 일본에서 한국으로 납치되었고 월남전이 끝나 파병
되었던 맹호부대 등이 한국으로 돌아왔으며 중동전쟁의 여파로 국
제 석유파동이 일어나 고유가 몸살로 경제가 말이 아니었으며 박
정희가 유신헌법제정으로 직접선거를 통한 참정권마저 박탈당한
국민을 상대로 강압정치를 더욱 강화하고 있었다.

 집안이 양주에서 대대로 살아온 박사장은 고등학교에 입학하기
전까지 가장 멀리 가 본 곳이 의정부였다. 어찌어찌하다 두 번의
기회가 주어진 수학여행을 가지 못했고 멀리 나갈 사유 또한 생기
지 않았었는데 고등학교 1학년 여름방학 때 권종칠, 황송암을 따
라 서울구경을 나섰다. 서울이 동두천, 의정부와 달리 빌딩과 자동

차가 많다는 것은 들어 알고 있었으나 실제 와서 보니 가장 다르게 느껴지는 것은 거리에 흰둥이와 깜둥이 등 외국인이 별로 눈에 띄지 않는다는 것이었다. 박사장은 그때까지 모든 도시에는 동두천이나 의정부처럼 영어를 쓰는 미국사람이 많이 있는 줄로 생각했다. 당시 턱거리는 흑백 TV가 한 집 건너 한 대꼴로 보급되어 뉴스나 드라마를 볼 수 있었지만 박사장네 집에는 아직 TV가 없어 서울 풍경을 간접적으로 본 바도 별로 없었기에 이런 풍경이 아주 생소하게 다가왔다. 동두천에 널려있는 미국 사람을 서울에서는 어쩌다 볼 수 있었다. 그리고 거리 자체가 별다른 흥미를 주지 않았다. 서울시내를 이동할 때 탄 버스는 몸을 움직일 수 없을 정도로 만원이어서 다시는 시내버스를 타고 싶지도 않았다.

서울을 다녀온 박사장은 동두천이 더 좋아졌고 동두천에서 산다는 것이 마음 편했다. 학교 수업이 끝나면 박사장은 가끔 보산리로 장필운을 만나러 갔다. 필운이 일하는 가게에 가면 장필운은 아직 문을 열지 않은 가게를 드나들며 허드렛일 즉 대걸레를 빨아 청소를 하거나 맥주 상자를 옮기는 일을 하다 박사장을 맞았다. 어둠이 깔리고 가게마다 네온사인이 번쩍거리기 시작하면 장필운의 일은 끝났다. 장필운은 박사장을 보산리의 이 골목 저 골목으로 안내했다. 박사장이 가장 난감했던 장면은 골목 가게 앞에서 누나뻘의 아가씨들이 허벅지를 거의 드러내 놓고 담배를 피우며 미군을 상대로 영어로 말을 거는 모습이었다. 얼굴도 반반하고 몸매도 좋은 누나들이 지나가는 한국 사람은 거들떠 보지도 않고 미군들에게만 관심이 있었다. 화장을 진하게 한 누나들은 좀 무섭기도 했다. 장필운은 어느새 이런 장면에 익숙해져 있었다. 고등학교 1학년이면 성性에도 호기심이 큰 나이 인지라 궁금증이 많이 일었지만 장필운의 부모가 가게를 하고 있는 동네라 함부로 행동할 수도 없어서 그냥 이곳 저곳을 기웃거리는 정도였다. 필운이 고등학교 진학을 포기하고 이곳에서 일하며 찾아온 첫 번째 변화는 머리를 기르고 교복이 아닌 자유복을 입는다는 것이었다. 두 번째는 담배를 피우기 시작한 것이다. 그런데 체격이 제법 큰 장필운에게 이런 모습이 잘 어울렸다. 어른이 다 된 것 같은 느낌이었다. 장필운은 아버지로부터 쓸 만큼의 용돈을 받고 있으니 먹고 싶은 것은 다 사주겠노라며 이리저리 박사장을 데리고 다녔다. 박사장은 이런 장필운이 부럽기도 했다. 박사장의 부모는 세탁 일로 돈 버는데 재미가 붙어 박사장의 공부에는 별 관심이 없어 보이기도 했지만 아버지는 늘 밥상머리에서 이왕 학교 다니는 거 공부 열심히 하라는 말씀을 빼놓지 않으셨는데 그리 심각하게 생각하고 있는 것 같지는 않았다. 그만큼 세탁 일이 잘 되는 거 같았고 박사장도 부족하지 않을 정도의 용돈은 받고 있었다.

주머니에 돈이 있기에 언제 정미소를 만나 얘기도 하고 맛있는 것도 같이 먹고 싶었지만 공부에 열심이고 아버지가 생활관리를 철저히 하고 있는 정미소를 만나기가 쉽지 않았다.

고등학교 1학년 여름방학 때부터 이런 환경에 적응하기 시작한 박사장은 공부에 별 관심이 없었다. 다만 어쩌다 미소와 선애를 만날 때면 공부를 좀 해야겠다 싶다가도 미소와 선애를 자주 보는 것도 아니어서 공부는 그대로 묻혔다.

이랬기에 박사장은 남들이 잘 모르는 외로움을 달래기 위해 트랜지스터라디오와 기타guitar를 장만했다. 당시 이것들을 장만하는 데는 조금 큰돈이 들었다. 그동안 모아 놓은 용돈으로 중고 라디오와 기타를 장만했고 하교 뒤 시간만 나면 천변으로 가서 AFKN과 MBC의 '별이 빛나는 밤에'를 들었다. 라디오를 켜면 주로 들리는 노래가 재즈, 락, 팝송이었다. 이 노래들을 기본으로 박사장은 기타를 혼자서 배우기 시작했다. 박사장은 이렇게 고등학교 3년을 보내고 있었다.

박사장이 정미소를 우연히 만난 것은 고등학교 3학년 여름방학 때 마을 농협에서였다. 박사장이 아버지 심부름으로 농협에 들어섰는데 방학임에도 교복을 입은 미소가 농협 대기석에 앉아 있다 박사장과 마주쳤다.

"야! 사장아 너 웬일이야?"하며 미소가 일어섰다.

"어! 너는?"

늘씬한 키의 미소에게서 이제는 중학교 시절의 풀냄새가 아닌 처녀의 냄새가 났다.

"아버지 심부름 왔지."

"나도인데"

일을 먼저 마친 미소가 기다렸다 둘은 같이 농협을 나와 근처 구멍가게로 갔다.

박사장이 환타 두 병을 사서 한 병을 미소에게 건넸다.

"사장아! 너는 졸업하면 뭐 할 거니?"

"난 공부엔 별로 흥미 없고 돈 벌어야지."

"인문계 다니면서 대학 안 가고?"

"대학 갈 실력도 안되고 동두천 바닥에서 돈이나 벌어 보려고."

"너 필운이 하고 친하게 지내더니 뭐 할 거 준비해 놨니?"

"일단 졸업하면 뭐 할 거 없겠어?"

"너는 뭐 할 거야?"

"여상 졸업예정이니 나도 지금부터 알아보는 중…"

"너하고 선애 영어공부 열심히 했는데 어딘가 취직되겠지."

"영어 하나 믿고 있는데 동두천에서 여상 나와 서울로 갈 수 있을까? 서울로 나가 취직하고 싶은데."

"왜? 동두천이 싫으냐?"

"여상 친구들은 모두 서울로 가는 게 꿈이야. 나중에 결혼도 생각해야지."

"웅? 결혼? 동두천에선 결혼 힘들어?"

"사장이는 세상 물정 잘 모르는구나! 동두천은 기지촌이잖아!"

둘은 이렇게 대화를 나누다 심부름 나온 일 때문에 시간이 없어 각자 집으로 갔다.

이들이 고등학교를 졸업하던 시기도 지금만큼이나 취업이 힘들었다. 우선 일자리가 별로 없었다. 공채로 들어갈 수 있는 곳이 6.25 직후보다 좀 늘었다고는 하지만 베이비부머가 워낙 많이 사회로 많이 쏟아져 나와 아주 경쟁이 치열했다. 기업은 일부 큰 곳을 제외하면 소위 말하는 '빽'이 있어야 들어가는 형편이었다. 서울은 그나마 좀 괜찮았지만 동두천 같은 곳은 번듯한 회사나 일자리가 별로 없었다. 동두천은 미군을 상대하는 여러 군소 일자리는 많았으나 부모들은 자식들이 그런 쪽의 일자리를 구하는 것은 극구 반대였다. 미군을 상대로 일을 하는 것은 자기 세대 즉 부모 세대에서 끝나야 한다는 생각을 가지고 있었다. 이런 동두천에서 여자가 번듯한 직장을 잡기는 정말 하늘의 별따기였다.

기지촌이 된 동두천에서 남자들은 일자리 구하기가 좀 나았지만 고등학교를 졸업하고 좀 지나면 징집영장이 나와 군대를 가야하는 그런 실정이었다. 대학에 들어 간 친구들은 상황에 따라 징집연기 신청을 하면 돼서 입대하는 시기가 다 달랐다.

졸업 후 박사장은 동두천에서 일자리를 찾아 나섰고 차심산은 일자리를 구하러 서울로 떠났다.

정미소는 동두천 캠프 케이시의 군무원 모집에 지원하여 합격이 되었다. 의정부에 있는 미 2사단 사령부에서 군무원으로 근무하는 아버지의 권유와 추천이 있었지만 뛰어난 영어실력이 면접에서 높은 점수를 받아 합격에 큰 몫을 했다.

윤선애는 캠프 케이시 정문 앞 보산리에 있는 미군부대를 상대로 하는 오피스에 취직이 되었다. 역시 영어를 잘 한 덕분이었다.

박사장 아버지가 밥상머리에서 또 말을 꺼내셨다.

"사장이는 고등학교를 졸업했는데 뭘 할 거냐?!"

"동두천에서 돈을 벌어 보겠습니다."

"뭘 해서 돈을 벌어?!"

동두천 바닥에서는 뭘 해도 돈벌이가 된다는 것을 아버지는 익히 알면서도 물은 것이다.

"턱거리 클럽에서 일을 해 보려고요."

"응? 왜 하필이면 턱거리야? 남의 이목도 있는데."

"아버지, 보산리보다는 집에서 가까운 턱거리 클럽에서 일하는 것이 집안일을 도울 수도 있고 나쁜 일에 빠질 위험도 적어 오히려 턱거리가 좋을 것 같아서요."

아버지가 듣고 보니 그 말이 맞는 것 같았다. 당시 클럽에서 일하는 것만큼 돈벌이가 잘 되는 게 없는 대신 클럽에서 일을 하다 보면 술과 마약 여자에 빠지기 쉽다는 것을 걸 아버지는 잘 알고 있었다.

"그럼 어디 일하고 싶은 클럽이 있어?"

"필운이 하고 얘기 중인데 결정되면 말씀드리겠습니다."

"신중하게 생각해서 잘 결정하도록 해라."

"예."

박사장은 아버지가 극구 반대하실 줄 알았는데 마음이 놓였다.

박사장이 클럽에서 일을 하고 싶었던 것은 미군과 미국 문화에 대해서 호기심이 컸기 때문이었다. 필운을 따라 보산리 클럽 앞을 지날 때면 늘 서양음악이 흘러나왔고 거기서 떠들고 노는 미군들의 일상과 이쁜 누나들은 저 안에서 무엇을 하는지 대충은 알고 있었지만 더 구체적으로 궁금한 것이 많았던 것이다.

박사장은 먼저 장필운을 만나 구체적으로 설명을 하고 자문을 받기로 했다.

이들이 국민학교를 입학할 무렵에는 턱거리에 클럽 수가 가장 많았고 기지촌의 중심이었다. 그런데 이들이 국민학교를 졸업할 무렵에는 보산리와 턱거리의 세勢가 비슷해져 있었고 그로부터 6년이 지나 고등학교를 졸업한 때에는 보산리에 클럽 수나 상업시설이 훨씬 많아 기지촌의 중심이 그쪽으로 옮겨갔다.

"사장아, 왜 보산리로 오지 않고 턱거리에 있는 클럽으로 가려고 그래?"

"필운아 너도 똑같은 처지잖아. 우리 좀 있으면 영장 나와 군대 가야 돼. 그런데 동두천 출신은 동두천이 전방최전방은 아니었으나 당시 행정당국에서는 동두천도 접적지역接敵地域으로 분류하고 있었음에 속하고 현역병보다는 방위병으로 근무시키는 것이 전략적으로 병력 운영에 낫다고 해서 방위병으로 빼잖아. 방위병 하면서 퇴근 후 클럽에서 일하려면 아무래도 턱거리가 낫지."

"아! 그렇네."

"턱거리에 있는 클럽에서 일하려면 '파파상'으로 가라. 내가 사장에게 미리 얘기 해 놓을 게."

박사장이 턱거리에서 일하고 싶었던 숨은 이유 중의 하나는 정미소가 살고 있는 동네에서 멀어지고 싶지 않아서였다.

장필운은 보산리 클럽에서 일하는지가 이제 4년 차로 접어들었고 미성년자 딱지도 떼어 이 바닥의 베테랑이 되어 있었다. 특유의 너스레를 무기로 영어도 꽤 늘었고 미군들도 많이 사귀었다. 누나들로부터 인기도 많았다. 미군들 사이에서는 '장필Jang Pil 또는 Jang Feel'로 불리고 있었고 필운의 아버지는 필운이의 병역문제가 해결되면 이 클럽을 물려주겠다는 의사표시까지 할 만큼 능력을 발휘하고 있었다.

박사장은 며칠 후 클럽 '파파상' 사장을 만나 아무 일이나 시켜줄 것을 부탁했다.

"고등학교까지 나와서 클럽 잡일을 시작할 수 있겠어? 그리고 곧 군대 갈 나이도 되었는데."

"이미 잡일할 각오가 되어 있습니다. 잡일부터 하나하나 배워 나가겠습니다. 그리고 군대문제는 걱정 마세요. 여기는 다 방위로 빠지니까 퇴근 후에 와서 일 할 수가 있습니다."

"그래?"

이렇게 해서 턱거리에 있는 클럽 '파파상'이 박사장의 첫 직장이 되었다.

첫 출근과 동시에 박사장은 대걸레를 잡고 홀 청소부터 시작했다. 이 일 저 일 말 그대로 잡일을 열심히 했다. 영어도 차츰 늘고

요령이 생기자 일이 그리 힘들지 않았다. 박사장은 병역의무를 마치기 위해 신체검사를 받았고 영장이 나왔는데 예상대로 방위병이 되었다. 근무하게 된 부대도 집에서 가까워 퇴근 후 클럽 일을 병행할 수 있게 되었다. 이때 클럽 사장은 박사장에게 기도일종의 규율반장를 맡겼다. 기도를 맡아 보니 잡일을 할 때보다 시간이 많았고 월급도 올랐다. 박사장은 기도를 보는 동안 클럽의 DJdisk jockey가 하는 일을 눈여겨보았고 클럽에서 통용되는 음악을 귀로 들으며 어깨너머로 DJ 일을 배워가고 있었다.

이때의 동두천은 기지촌이 된 지 20년이 넘어 확실한 기지촌으로 자리 잡아 전성시대로 접어들고 있었다. 보산리와 턱거리에는 클럽, 맞춤 양복점커스텀 테일러, 양키 물건을 파는 상점, 서양 음식을 파는 음식점들이 수도 없이 들어서 밤에는 불야성이 되었다.

한반도에서의 지명地名은 대부분이 우리말을 한자漢字로 표기하거나 아예 처음부터 한자로 지어지게 되는 경우가 많은데 이 지명이 그곳의 특징을 아주 잘 나타내고 있다. 박사장이 자라고 첫 직장을 잡은 이곳 턱거리는 일제강점기 때 지은 지명 기촌基村에서 유래되었는데 결국 기지촌基地村이 된 것이다.

박사장과 장필은 주로 박사장이 부대로 출근하지 않는 주말에 만났다. 둘은 정보를 서로 주고받았는데 장필은 방위 근무에 대해 주로 물었고 박사장은 홀에 근무하는 누나들에 대해 궁금한 것이 많았다.

이때 박사장은 장필이 턱거리에 있는 많은 클럽 중 하필 '파파상'으로 가라고 했는지를 알게 되었다. 클럽에는 누나들 즉 많은 아가씨들이 일을 하는데 아가씨들은 크게 두 종류로 나뉜다.

장필의 말에 의하면 하나는 자발적으로 클럽에서 일하기 위해 찾아 온 아가씨들, 하나는 비자발적으로 찾아온 아가씨들이다.

그런데 장필의 아버지가 보산리에서 운영하는 클럽과 턱거리 파파상 클럽은 비자발적으로 온 아가씨들은 고용하지 않으며 아가씨들이 클럽을 떠난다고 할 때는 절대로 막지 않는다는 것이다.

장필이 파파상을 추천해 준 이유가 있었던 것이다.

비자발적으로 온 아가씨들과 자발적으로 온 아가씨들에 대한 관리 방식과 영업전략은 확연히 다르다.

비자발적으로 온 아가씨들은 감시를 철저히 해야 됨은 물론 길들이기와 일종의 사전 교육과정을 거치게 되는데 이때 많은 인권유린이 생기게 마련이고 이 계통의 먹이사슬에 심하게 얽힌다.

이 비자발적으로 온 아가씨들을 고용한 클럽은 독특하고 잔인한 영업방식으로 이윤의 폭이 자발적으로 온 아가씨들을 고용한 클럽보다 크다. 하지만 관리 방식이 복잡하기 때문에 늘 크고 작은 사건이나 잡음이 끊이지 않는다.

자발적으로 온 아가씨들을 고용한 클럽은 관리가 단순하지만 이런 아가씨들을 구하기가 쉽지 않아 초기에는 아가씨들이 모자라 영업이 제대로 되지 않는 경우도 있었는데 이 업계에 소문이 나다 보니 의외로 스스로 찾아오는 아가씨들이 많이 늘어 이제는 영업에 지장을 줄 정도는 아니다. 먹이사슬에 의한 관리비용도 적게 들고 미군들에게도 이런 클럽에 오면 편하다는 소문이 나서 영업도 잘 됐다. 크게 보면 이쪽의 수익이 더 나은지도 몰랐다.

아가씨에 대한 수요는 두 말할 것 없이 미군이다.

미군들은 왜? 아가씨를 찾게 되는가?

동서고금을 막론하고 군대는 혈기왕성한 남자들이 주축이다.

세계적으로 모병제든 징병제든 대개 남자가 20세가 되면 복무 대상이 되고 1년에서 3년의 의무복무 기간이 주어진다. 단 조민국의 징집연령은 17세이고 의무복무 기간이 10년이다.

따라서 군대의 가장 큰 골칫거리 중의 하나가 이제 성에 막 눈 뜬 젊은 피의 남자들 성욕 관리이다. 제2차 세계대전 때 일본은 심각한 고민 없이 점령한 국가의 젊은 여성들을 강제로 끌어 다 군대의 산하 조직에 편성하고 전쟁터 곳곳을 데리고 다니며 일본군의 위안부로 활용하는 만행을 저질렀다. 이러한 사실이 별 의미 없이 묻혀 있었는데 1991년 8월 14일 고故 김학순 할머니가 67세의 나이로 이 사실을 증언하여 8월 14일이 '세계 위안부의 날'로 지정되었다.

촌村의 성격은 수요와 공급에 의하여 결정된다.

군부대 주위에서 군인들이 유발하는 수요는 다양하다.

옷, 술, 자동차, 주택, 생필품, 군무원, 기타 노동인력, 여자, 이미용실 등… 이러한 수요 때문에 군부대가 생기면 이 수요에 대한 공급을 맞추기 위해 촌村 즉 마을이나 도시가 새로 생기는 것이다.

군대는 육군, 해군, 공군, 해병대 등으로 구분되고 부대는 장교, 준사관, 사병으로 구성되는 것이 기본이다. 그런데 문제는 여자에 대한 수요가 문제다. 사병이 아닌 장교, 준사관은 주로 기혼자이고 부대 밖에 가족과 함께 거주하므로 성性수요를 그다지 유발시키지 않는다. 하지만 사병들은 문제가 좀 다르다. 거의 독신인 혈기왕성한 젊은 사병이 외출, 외박, 휴가를 나오면 관심이 여자에게 가는 것은 인간의 본능이어서 여자와의 접촉을 시도한다. 이렇게 수요가 유발되어 기지촌에 여자가 공급된다.

문제는 이 여자의 공급방법이다.

과거 일제는 군대 자체가 앞장서서 강제로 여자를 동원하여 위안부를 만드는 범죄를 저질렀다. 한국의 경우 자연스레 형성된 기지촌에 여자의 공급이 부족하자 60년대에서 80년대 중반까지 일부 못된 민간인들과 깡패, 조직폭력배들이 나서 찌든 삶에서 벗어나고자 일자리를 찾아 무작정 상경한 여자들을 달콤한 속임수로 꾐에 빠트리거나 강제로 납치하여 공급을 했다. 이 시대에는 워낙 무작정 상경녀의 숫자가 많아 일부 방조한 면도 있었지만 공권력이 이를 막기에는 한계도 있었다. 공장이나 그럴듯한 직장을 꿈꾸고 상경한 여자들이 버스나 열차, 개조된 승합차, 80년대 초반에는 봉고차에 실려 기지촌에 팔려왔다. 이렇게 공급된 여자들은 집장촌, 주점, 미군부대 주위의 클럽에 공급되었다.

클럽의 여러 가지 뜻 중 여기서는 술과 음식, 음악, 춤이 어우러진 유흥 공간을 말한다. 이런 클럽이 미군부대 내에도 있지만 여자가 공급되지는 않는다. 부대 밖 이런 형태의 클럽에는 여자의 수요가 많았다. 이 클럽에 비자발적으로 오는 여자들은 여러 단계의 과정을 거치게 된다. 전통적으로 정조貞操에 대한 도덕적 가치가 컸던 한국 사회에서 자란 젊은 여성이 일자리를 찾아 도시로 왔다가 정조를 잃게 되면 그 충격은 엄청났다. 기지촌에 기생하는 포악한 자들은 이 여자들의 충격을 여러 가지 잔혹한 수법으로 완화시켜 현장에 투입하는데 그 충격과 공포는 오래간다. 하지만 주위에 비슷한 처지의 또래나 동료, 선배들과 생활하다 보면 집단의식으로 위안 받으며 이 생활에 젖어 들게 되고 만다. 자발적으로 찾아 든

여성들은 이 적응 과정이 필요 없었다.

80년대 중반 이전까지 이런 분야에 종사한 비자발적 여성과 자발적 여성의 비율은 7 : 3 정도였다 한다. 자발적으로 이 분야에 온 30%의 아가씨들은 다시 둘로 나뉜다. 다른 곳에서 일을 하다 벌이가 좀 낫거나 분위기가 좋은 곳으로 찾아오는 유경험자들이 반, 주로 대도시에서 성에 일찍 눈을 뜬 뒤 호기심에서 이런 곳을 찾아온 무경험 아가씨들이 반이라는 것이다.

장필의 아버지가 운영하는 클럽이나 클럽 파파상은 자발적으로 찾아온 여성이나 비자발적 종사자 중 본인의 의사에 의해 기존 클럽에서 더 나은 여건의 클럽으로 옮기는 여성만을 골라서 썼다. 이렇게 하기 위해 클럽의 사장은 직접 해당 여성을 만나 자세한 내용을 들어 보고 신상을 어느 정도 파악한 뒤에 클럽으로의 출근을 허락했다.

기지촌의 이미지가 크게 나빠진 것은 여자를 찾는 사람과 필요로 하는 곳, 이런 곳에 여자를 대주는 사람들의 나쁜 방법 그리고 이곳에 들어온 여자들의 생활 방식 등 남자와 여자의 성性에 관한 수요와 공급에서 생기는 문제 때문임이 가장 크다.

●● 딸라

  박사장이 파파상에서 기도로 확실하게 자리를 잡을 무렵 장필도 방위병으로 복무를 시작했고 둘은 변함없이 주말 만남을 이어갔다.

  클럽에서 기도의 역할은 좀 까다롭기도 하고 지저분한 면이 있지만 중요한 일이었다.

  우선 기도는 클럽에서 일하는 아가씨들의 출퇴근과 검진증 관리를 한다. 당시는 보건증이란 말이 사용되지 않았고 검진증이라 했다. 출근하는 아가씨들의 검진증을 받아 본인 여부와 유효 여부를 확인한 후 입장시키고 검진증을 여러 단段으로 만들어진 보관함에 꽂아 둔다. 유효 여부는 성병에 감염되지 않았다는 검진기관보건소 또는 지정병원의 확인도장 유무를 말한다. 이 확인이 없으면 클럽에 출입할 수 없다.

기도를 보면 본명과 가명, 나이와 말투 등 아가씨들의 신상이 저절로 파악된다.

아가씨들이 대강 출근을 마친 뒤 기도의 역할은 클럽 내의 질서 유지이다. 아가씨들이 다른 아가씨의 손님을 가로채서 벌어지는 시비를 중재해 주고 미군들의 거친 행동을 제지하는 일 등등.

클럽의 거리에서는 이따금 클럽 간 아가씨들끼리 전투가 벌어지기도 한다. 클럽과 클럽 아가씨들끼리의 패싸움을 이들은 전투라고 한다. 전투가 벌어지면 바로 머리채를 잡고 뒤잽이가 벌어진다. 때문에 경험이 많은 아가씨들은 이 전투가 벌어질 조짐이 보이면 미리 머리에 콜드크림을 잔뜩 발라 머리채가 잡히지 않도록 하고 잡히더라도 금방 빠져나올 수 있게 대비를 한다.

이런 전투가 벌어질 때 거중조절 역할을 하는 것도 기도의 몫이다.

70년대까지만 해도 기지촌 주변에 많은 상이용사들이 몰려들었다. 국가를 위해 전쟁에 나가 부상을 당했는데도 정부에서는 이들에 대한 보살핌이 많이 부족했다. 이들은 생존을 위해 딸라가 넘쳐난다는 기지촌의 클럽에 와서 부상당한 부위를 내보이며 돈을 요구하는 일이 많았고 관할구역 문제로 상이용사끼리의 싸움도 가끔 벌어졌다.

이런 상이용사들을 달래는 것도 기도들이었다.

하루는 파파상 클럽의 사장이 박사장을 불렀다.

"어이 박사장!"

"예."

"자네 이름을 좀 바꿔야겠어."

"예?"

"클럽 안에서 박사장, 박사장 이렇게 부르니 누나들이 당신이 사장인 줄 알잖아! 하하하"

"그럴 리가요…"

"그래서인데 자네가 일도 잘하고 하니 '박프로'라고 하면 어떨까? 자네가 알다시피 어차피 이곳에선 영어 이름도 필요하잖아."

"생각해 보겠습니다."

박사장은 주말 오후 장필을 부대찌개 집에서 만나 늦은 점심을 먹기로 하고 보산리 큰 길가로 들어서는데 거리에 플래카드가 걸려 있었다.

『慶 송내 국민학교 21회 졸업생 권종칠 서울대학교 법과대학 합격 祝』

둘은 부대볶음을 주문하고 두꺼비를 먼저 시켰다. 서로 뭐랄 것도 없이 각자 소주를 깊게 들이켰다.

"야! 종칠이 서울대 법대에 합격했더라!"

"그러게. 잘 됐어! 턱거리에서 인물 났어!"

"얼굴 보기 힘들더니 공부 되게 열심히 했나 봐."

"종칠이가 머리도 좋고 한 번 집중하면 끝장을 보잖아."

"대한민국 제일의 서울대 법대 갔으니 판사나 검사되는 거 아냐?"

"그렇겠지! 언제 만나서 축하해 주자."

"송암이도 서울보건대에 들어갔다던데 같이 보자."

당시 기지촌 주변의 부대찌개가 소문이 나서 전국으로 퍼져나갔
는데 클럽에 근무하는 사람들은 부대찌개를 그리 즐겨 먹는 편이
아니었다. 그러나 둘은 모처럼 부대찌개집에 가서 부대볶음을 시
켜 한잔하는 것이었다. 부대볶음은 국물이 없고 소시지 햄 등에 한
국식 양념을 해서 느끼하지 않아 소주 안주로 잘 어울렸다. 주위에
많은 스테이크집에서 소주 한잔하는 것보다 가격도 싸고 소주와
궁합이 맞았다.

둘은 화제를 바꿨다.

"장필!"

"왜?"

"우리 클럽 사장이 내 이름을 '박프로'로 하겠다고 하는데 네 생

각은 어때?"

"그거 좋네. 근데 뭐가 프론데?"

"기도 보는 게 프로지 뭐가 프로야! 잘 알면서…"

둘은 한바탕 웃어 제긴 후 원샷을 했다.

"너의 클럽에는 보통 쫑_證증이 몇 장이나 꽂히냐?"

"많을 때는 120장, 적을 때는 80장 정도."

"야! 너희 클럽이 확실히 잘 되는구나!"

"파파상은 어때?"

"우리는 80에서 60."

"그 정도면 파파상도 잘 되는 거야."

"그렇기는 하지?"

여기서의 숫자는 곧 클럽에 출근하는 아가씨들의 숫자를 말하는 것이다.

"파파상 아가씨들은 몇 살짜리가 많아?"

장필은 대강 알면서도 물었다.

"우리는 스물셋에서 스물일곱 사이가 가장 많고 나머지는 이보다 어린애들이 반, 이보다 나이 많은 누나들이 반 그래."

"확실히 턱거리 파파상이 우리 가게 아가씨들보다 나이가 많구만. 우리 가게는 파파상보다 전반적으로 두 살 어리다고 보면 돼."

"으잉? 그러면 미소나 선애 또래 아냐?"

"그렇지."

"그런데 여기서 미소, 선애는 왜? 들먹이냐? 걔들 본 지도 꽤 됐구나!"

"우리 넷이서 언제 같이 한 번 만날래?"

"장필! 네가 한 번 주선해봐!"

"야! 그건 프로가 해야지…"

"나는 미소에게 연락할 길이 없어. 낮에는 방위병근무 나가고 밤에는 클럽에서 일하니 어떻게 연락을 하나? 보산리에서 일하는 네가 보산리 오피스에서 일하는 선애 만나기가 쉽잖아."

"그렇긴 하네. 내가 선애 한 번 만나서 얘기해 볼게."

"그런데 보산리 아가씨들이 턱거리보다 왜 더 어리냐? 그리고 스스로 온 애들이 뭐 그렇게 어려?!"

"너도 알다시피 전하고 달리 클럽의 중심이 보산리로 옮겨 왔고 중심이 옮겨왔다는 건 장사가 더 잘 된다는 거고 장사가 잘 되는 곳에 젊은 애들이 오는 건 당연하지."

"그래도 그 나이에?"

"야! 생각해 봐라. 까진 애들은 중3 때부터 까지고 억지로 잡혀 온 아가씨들은 군산이나 왜관에서 다쳐서 온 아가씨들이 많아. 아까운 애들도 참 많다!"

여기서 다쳤다는 말은 이 바닥의 좀 점잖은 기도들이 쓰는 아가씨들이 처녀성을 상실했다는 말의 은어隱語다.

 둘은 헤어져 각자의 일터인 클럽으로 향했다.
 오늘따라 박사장은 정미소 생각이 많이 났다.
 박사장과 장필은 주량이 남달라 술 마신 티가 잘 나지 않는다.

 박사장이 파파상 클럽에 도착해서 기도 일을 시작했다.
 평소 앳되고 순한 데다 밝은 인상으로 호감을 가졌던 아가씨가
보건증을 내밀었다.
 "선미옥?!"
 "박사장님. 왜 그러세요?"
 "오늘부터는 나를 박사장이라 부르지 말고 '박프로'라고 불러!"
 기도는 아가씨들과 대화를 할 때 나이와 상관없이 보통 반말을
쓴다.
 "근데 이름을 왜 바꿨어요? 사장이 어때서?"
 "클럽 진짜 사장이 프로로 바꾸라고 그랬어. 이유는 묻지 마!"
 "그리고 꽃분이 너, 저쪽에 잠깐 있어."
 꽃분이는 클럽에서 선미옥의 가명이었다.
 그러고 나서 박프로는 검진증을 보관함에 꽂지 않고 자기 호주
머니에 집어 넣었다.

꽃분이는 놀라며 박프로가 하라는 대로 클럽 입구 대기석에서 남들이 얼굴을 알아보지 못하는 쪽으로 몸을 돌리고 앉아 뭐가 잘못됐나 궁금해하면서 기다렸다.

박프로는 아가씨들이 거의 출근을 마친 뒤 술도 깰 겸 콜라를 두 병 가지고 꽃분이를 클럽 사무실 별실로 데리고 들어갔다.

"박사장님! 제가 뭐 잘못됐나요?"

"사장이 아니고 프로라니까!"

"뭐가 프로예요?"

"이름이 프로라고 아까 말했잖아! 근데, 네 이름은 꽃분이가 뭐냐? 촌스럽게."

"내가 내 이름을 맘대로 짓나요? 사장이 져 주면 쓰는 거지!"

"어떤 놈이 지어 줬어? 그렇게 촌스런 이름을."

"군산에 있을 때 사장이 이쁘고 마음 착하다고 지어 줬는데 이 바닥에 일하면서 가릴게 뭐 있나 싶어 그냥 쓰게 됐어요. 본명을 쓸 수는 없고."

박사장이 비록 술 김이지만 꽃분이를 별실로 데리고 들어간 것은 사실은 정미소가 생각나서였다.

꽃분이는 정미소와 같은 나이였다. 그러니 박사장과도 동갑이다. 스물하나.

홀복으로 갈아입지 않고 사무실 별실에 앉아 있는 꽃분이의 모습은 정미소와 별반 다르지 않았다. 꽃분이는 클럽에서 일하는 다른 아가씨들과는 생활방식이 조금 달랐다. 보통 아가씨들은 클럽에 출근할 때 화장을 진하게 하고 옷도 요란하게 입고 두 셋이 어울려 출근을 하는데 꽃분이는 클럽에 조금 일찍 출근해 화장을 했고 대개 혼자 다녔다. 홀에서도 늘 수수한 차림으로 일을 했다.

"여기로 데리고 들어온 이유가 뭐죠?"

사실은 이유가 없었다. 아니 박사장도 그때까지 자기가 왜 그랬는지를 생각해 보지 않았다. 무의식적으로 일어난 일이었다.

박사장은 둘러댈 수 밖에 없었다.

"왜 꽃분이라는 이름을 가졌는지 궁금해서…"

"그럼 이유를 말했으니 가 볼게요."

꽃분이는 그렇게 홀 안으로 들어갔다.

박사장과 장필이 이렇게 일상을 보내고 있던 중 여름에야 권종칠과 황송암의 합격 축하 자리가 마련되었다. 방학을 했기 때문이다. 토요일로 잡아 장필이 보산리 클럽에서 멀지 않은 스테이크집을 예약해 두었다.

클럽 직원 둘과 대학생 둘이 마주 앉은 것이다.

"저녁에 술을 크게 사야 하는데 저녁에 일하는 우리 직업상 점심

때 자리를 마련한 걸 이해해 주기 바란다."

"점심이면 어때? 그래도 한잔할 수는 있지?"

"그럼!"

"동두천에서는 이 집이 고기 제일 잘하는 집이야!"

"비싸지 않냐?"

"신경 쓰지 말고 먹어! 우리 꽤 번다!"

"그래?"

"근데 종칠이는 상고 가서 인문계에서도 가기 힘든 서울대 법대를 갔냐? 대단하다! 공부 잘하는 건 알고 있었지만."

"입학하던 해에 진학 공부시키는 반이 생겨서 열심히 했지. 그학교에 가정형편은 어렵지만 전국에서 머리 좋은 애들이 많이 모여들어 대학에 진학한 애들 많다."

"그래?"

"서울대는 몇 명 갔냐?"

"서울대는 나 하나지."

"대단하다! 법대 갔으니 판사나 검사되겠네?"

"그건 생각 중이야!"

"응? 그게 무슨 소리야? 당연히 판사나 검사해야지."

"나는 생각이 좀 달라. 공부 좀 해 가면서 생각해 보려고."

"송암이는 보건대 가서 뭐 할 예정이냐?"

"보건대에 식품학과가 있어서 거길 갔는데 식품회사에 취직할수 있어. 빵 만드는 회사 같은데. 간호학과 나오면 간호사가 되는데 나는 아니고,"

"남자가 간호사 하는 거보다 식품회사가 낫겠네. 잘 됐네!"

"클럽에서 일하는 건 재미있냐?"

"책 보는 일이 아니고 눈에 띄는 대로 하는 일이라 어렵지 않고미군과 아가씨들 상대하다 보니 재미있는 일도 많아!"

"중요한 건 돈을 버는 거 아냐?"

"생각보다 많이 벌지. 그것도 딸라dollar 달러로! 이쪽 기지촌에서일하는 사람들은 전부 애국자야! 총각이든 아가씨든 아저씨든 아줌마든 미군을 상대로 하는 일은 전부 딸라를 버니까!"

"그렇긴 하네. 정부에서도 수출하면서 달러를 벌자고 해외로 내보내고 난린데 여기는 국내에서 달러를 버는 거 아냐?!"

"닉슨이 71년도에 주한미군을 감축해서 다른 기지촌은 좀 타격이 있나 본데 여기는 크게 영향이 없나 봐. 미군 외출금지령만 없으면 거리가 서울보다 요란하잖아! 안 그러냐? 서울은 빌딩하고 차만 많지 미국 놈들 많지 않잖아?"

"용산이나 이태원 가면 많아! 가보진 않았지만."

"그래? 야! 어쨌든 우리 돈 많이 벌고 출세해서 지금처럼 맘 변하지 말고 살자! 나중에 동두천을 위해서 좋은 일도 하고. 여기 사람들 딸라 버느라고 쌩고생하는데 기지촌에 산다고 색안경 끼고 보는 사람도 많더라!"

"사실 턱거리가 참 좋은 동넨데. 미군부대가 없었으면 더 좋았을 거고. 근데 미군부대가 없었으면 먹고살기는 지금보다 더 힘들겠지?"

"그럼! 서울 사람들이 동두천은 개도 딸라를 물고 다닌다고 한다며?!"

이들은 주로 이런 대화를 나누고 저녁 무렵에 헤어졌다.

사실 권종칠이 상고에서 서울대학교 법과대학에 들어간 것은 대단한 사건이었다. 종칠이 대학에 진학한 이후 상고에서 상대, 공고에서 공대로 진학할 때 계열진학이라 해서 혜택을 주는 제도가 생겼는데 종칠이 입학할 때는 그 제도가 시행되지 않는 때였고 법대는 계열진학 대상도 아니었다.

이런 일상 속에 시간은 흘러갔다.

어느 날 파파상 사장이 박프로를 불렀다.

"제대 얼마나 남았어?"

"내년 봄이면 제대니 한 6개월 남았습니다."

"그래? 제대하면 DJdisk jockey 한 번 해 보는 게 어때?"

"예? 제가 음악에 대해 아는 게 없는데…"

박사장은 이미 음악과 DJ에 관심이 있었고 파파상 사장은 그런 박사장의 끼를 벌써부터 눈치 채고 있었던지라 제대를 6개월 앞두고 제안을 한 것이다.

"아는 게 없으면 배워! 6개월 시간을 줄 테니."

박사장은 그때부터 방위로 출근해서도 주말 낮에 남는 시간에도 클럽에 출근해서도 이미 고등학교 다닐 때 독학으로 터득한 음악에 대한 지식을 바탕으로 더 많은 관심을 가지고 나름대로 음악공부를 시작했고 혼자서 DJ 흉내도 내가며 DJ가 되기 위해 많은 열정을 쏟았다. DJ는 영어도 어느 정도 해야 하기에 영어를 익히기 위해 더듬거리며 미군들과도 많은 대화를 시도했다. 한동안 손을 놓고 있던 기타도 다시 잡았다.

DJ를 해 보고 싶었던 것은 음악에 관심이 많았기 때문이기도 했지만 기도에서 벗어나고 싶은 마음이 컸다. 기도를 보다 보면 아가씨들의 신상을 자세히 알게 된다. 아가씨들은 대개 인물도 좋고 성격도 괜찮은데 기구하고 애절한 사정이 많아서 그들을 외면하기 쉽지 않아 마음이 편치 않은 경우가 많이 생긴다. 이래서 기도에서 벗어나고 싶었다.

1979년 10월 26일 저녁 10시경 외출 나왔던 미군들이 갑자기 부대로 복귀했다. 다음 날 박정희가 김재규가 쏜 총에 맞아 서거했다고 발표되었다. 미군의 외출, 외박이 금지되었고 거리에 미군이 보이지 않았다. 미군이 나오지 않으면 클럽은 휴무다. 주로 클럽이 쉬는 날이 곧 이들에겐 휴가다.

장필이 말했다.

"야. 박프로! 이번 외출 외박 금지가 오래 갈 거 같은데 우리 돌아오는 일요일 11월 4일에 선애, 미소 한 번 만날까? 내가 선애 만나서 얘기해 볼게. 동두천역에서 오전 10시에 만나 소요산에 가서 아주 하루 종일 놀다 오자!"

"좋지. 그런데 우리 부대도 비상이 걸려있는데 그날 출근해야 되는 거 아냐? 그리고 미소나 선애가 OK 할까?"

"괜찮을 거야… 지금까지 무슨 일 있을 때 방위병을 부대에서 재운 적도 없었고 일요일에 잡아 둔 적도 없잖아? 걔들은 내가 책임질게."

10.26 사태가 난지 8일째 되는 11월 3일 토요일 장필과 박프로는 전과 같이 부대로 출근을 했다. 부대는 계속 긴장상태를 유지하고 있었지만 바로 전쟁을 할 것 같은 분위기는 많이 수그러들었다. 이들의 관심은 내일 즉 일요일에 출근 명령이 떨어지냐 마느냐에 있었다. 출근 명령은 하달되지 않았고 동두천을 벗어나지 말라는 구두지시만 있었다.

11월 4일 일요일 박프로는 아침 일찍부터 서둘렀다. 괜히 마음이 급했고 짧게 깎은 머리만 빼면 나무랄 데 없는 차림을 하고 동두천역으로 향했다. 도착하니 9시 20분밖에 되지 않았다. 40분을 더 기다려야 한다. 마음이 조마조마해서 역사驛舍 뒷쪽으로 돌아가 숨다시피 해 그들을 기다리고 있었다. 드디어 장필이 나타났다. 혼자였다. 차림은 엘비스 프레슬리를 흉내 냈다.

"야! 너 왜? 혼자냐?"

박사장은 다급해서 물었다.

"오겠지."

입이 바짝 마르고 있는데 저쪽에서 미소와 선애가 팔짱을 끼고 나타났다.

선애가 먼저

"장필 너 누구 닮았다!"

뒤이어 미소가

"사장아! 너는 꼭 사장 같다! 머리만 좀 길다면!"

이들은 동두천역 앞에서 시외버스를 타고 소요산 입구에서 내렸다. 당시 소요산역은 간이역으로 소요산을 가기에는 버스가 편했다.

일요일임에도 오늘따라 사람이 많지 않았다.

비상사태였기 때문이다. 비상사태 때문에 이들이 놀기에는 오히려 더 좋았다. 누가 시킨 것도 정해준 것도 아닌데 미소와 사장이 한 커플, 선애와 필운이 한 커플이 되었다.

이들은 소요산 입구 쪽으로 걸어 들어갔다. 단풍이 제법 아름다웠다. 이들이 동두천에 살기는 했지만 이곳으로 단풍놀이를 온 적은 없었다. 이들의 데이트는 이렇게 무르익어 갔다.

"점심 먹어야지?"

"뭘 먹을까?"

당시 이곳 음식점의 주메뉴는 도토리묵과 파전, 햄·소시지 구이가 주종이었다. 여자들이 자주 먹는 햄·소시지보다는 도토리묵 쪽이 낫겠다는 의견을 제시하여 안으로 들어갔다. 역시 손님이 없었다. 넷은 드럼통을 잘라 만든 원탁에 둘러앉았다.

"선애야! 오피스에서 하는 일을 대강은 알겠는데 구체적으로 뭘 하냐?"

장필이 물었다. 박사장도 미소도 궁금하기는 마찬가지였다.

"미군을 상대하는 종합사무실이지 뭐! 미군이 원하는 것은 다 일거리야. 예를 들어 복덕방이 있지만 집을 구해 달라면 집을 구해주고 동두천 양키시장에서 구하기 힘든 물건을 원하면 의정부나 서울로 나가 사다 주고… 일이 그렇게 힘든 건 아닌데 토요일, 일요에에도 나와서 일하는 경우가 많지. 미군들이 그런 일을 평일보다는 휴일에 많이 나와서 부탁하니까."

장필이 말을 계속 이어 갔다.

"그렇구나…… 그래서 너 보기가 그렇게 힘들었구나.

미소가 하는 일은 뭐냐?"

박사장이 묻고 싶은 얘기를 대신 물어 줬다.

"니들도 대충 알겠지만 미군부대 안에는 우체국, 클럽, 음식점, PX 등 없는 게 없어. 그걸 다 미군이 할 수 없고 그래서 한국인 군무원이 많이 들어가 일하잖아. 나는 여상 나왔고 영어 좀 해서 경리 쪽 일과 행정업무를 같이 하고 있어. 벌써 3년째라 이제는 일이 재미도 있고 어려운 건 별로 없는데 미군부대 다닌다고 사람들이 이상한 생각을 할까 봐 그게 걱정인데, 채용 결정은 미군이 하지만 일 그러니까 업무는 한국 사람 상급자 군무원 감독하에 일을 해."

"야! 그럼 미군상대는 안 하냐?"

박사장이 물었다.

"미군을 상대하기는 하지. 그런데 그들은 필요한 업무를 보고 나면 바로 가니까 미군과 하루 종일 붙어 있는 일은 없지."

"그래?"

"그렇지만 어찌어찌해서 미군과 사귀는 사람도 많아."

"응?"

"미군들이 부대 밖 클럽의 양공주만 상대하는 건 아냐. 순수하고 건전하게 한국 아가씨와 사귀어서 결혼하는 경우도 가끔 있어. "

　잠시 침묵이 흘렀다.

　이들은 도토리묵을 안주로 맥주를 몇 병 마시고 밥을 적당히 먹었다. 도토리묵은 당시 유행하던 맥주 안주인 오징어와 땅콩보다 뒷맛이 좋았다. 도토리묵의 떫은맛이 맥주 특유의 맛을 더 깊게 해주었고 간간히 섞여 있는 파를 씹으면 입안이 개운했다. 두 여자가 막걸리보다는 맥주가 좋다고 해서 마셨는데 막걸리보다 맥주가 훨씬 나은 느낌이었다. 음식점에서 나와 이제는 둘씩 둘러 볼 곳을 둘러 보고 2시간 후에 다시 이 음식점 앞에서 만나기로 했다.

　박사장과 미소가 나눈 대화를 나눴다.
　"사장아. 너 선애한테 얘기 들었는데 클럽에서 아주 일 잘한다며? 주로 뭐 해?"
　"기도 본다"
　"기도가 뭐야?"
　"클럽에서 질서 잡는 거지."
　"쌈 날 때?"
　"싸움이 가끔 나기는 하는데 그렇게 자주 나진 않아."

"그럼 뭘 하는데?"

박사장은 아가씨들의 검진증을 확인하고 입장시키는 일 등을 구체적으로 말하지 않고 말을 돌렸다.

"나 방위 제대하면 DJ 볼 거야. 클럽 사장이 얼마 전 그렇게 하라고 말했어."

"니가 DJ를 해? DJ하려면 음악을 좀 알아야 되잖아!"

"날 무시하냐? 니들이 공부할 때 난 논 줄 알아?"

"무슨 공부를 했는데?"

"음악 공부했지! 팝송 배우고 기타 배우고…"

"그게 공부냐?"

"야. 그럼 시험공부만 공부냐? 이것도 공부야!"

"잘 해?"

"내가 내 스스로 잘 한다고 말할 수는 없는데 클럽 사장이 뭘 보고 그러는지 나보고 DJ 보라는 것은 잘 한다는 거 아냐?"

"그렇긴 하네."

"근데 너 오늘 어떻게 아버지한테 외출 허락받았냐?"

"지금 비상이라 거리에 미군이 없잖아. 아버지도 그걸 알고 선애 만난다니까 허락하시더라고."

"나 만난 다 소리는 안 했냐?"

"그건 안 했지."

"부대 안에서 너 찝쩍거리는 미군은 없냐? 외모도 잘 생겼고 영어도 좀 하는데."

"찝쩍거린다기 보다 말 거는 사람은 있지."

"말을 걸어?"

"그럼 말 안 걸고 어떻게 일을 보냐?"

"하긴 그렇군. 근데 집에서 결혼하란 말은 안 하냐?"

"에이 아직 나이가 있는데. 동두천에 사람도 없고."

"사람이 없다니? 나는 사람 아니냐?!"

"그런 뜻이 아니고 아버지 눈높이에 맞는 사람이 없다는 거지."

이후 둘 사이는 침묵이 흘렀다.

장필과 선애는 이런 대화를 나눴다.

"야! 선애야! 사무실에서 너 괴롭히는 사람 있으면 말해라! 내가 혼내 줄게!"

"괴롭히는 사람 없어. 워낙 우리가 일을 잘 해결해 주니까 믿고 맡기는 미군이 많아. 우리 오피스 사장이 워낙 유명하잖아. 너도 대충 알지?"

"그렇기는 하지. 야. 근데 월급은 잘 주냐?. 몇 푼 안되지?"

"얘가 무슨 말을 하냐? 내 월급이 미소보다 많아!"

"설마 미군부대 군무원보다 네 월급이 많으려고."

"진짜야. 우리 사무실이 워낙 잘되고 사장이 짠 사람이 아니라서. 나 3년 만에 꽤 모았어."

"돈 모았으면 시집가야겠네."

"아직 그럴 생각 없어. 더 모아야 돼. 너도 알다시피 우리 아버지가 그동안 막노동해서 먹고살고 우리가 공부했잖냐. 아버지도 이제 쉬실 나이가 됐으니 이제 내가 나서야 돼. 더 모아서 뭐래도 해 봐야지."

"뭘 하려고?"

"글쎄. 뭘 할까? 니가 동두천 바닥은 잘 아니까 좋은 거 있으면 얘기 좀 해 줘. 근데 너는 계속 클럽에서 일할 거냐? 아버지하고 같이 일하면 불편하지 않아?"

"현재 하는 일이 싫지는 않은데 나도 독립적으로 뭘 해야 되겠지?"

"너는 옷 입는 감각이 좀 남다른데 옷 계통 일을 해도 잘할 것 같다."

"패션? 내가 중학교밖에 안 나왔는데 잘할 수 있을까?"

"야! 너 지금 입고 있는 옷 보면 엘비스 프레슬리 저리 가라다야. 잘할 수 있을 거 같은데?"

"사실 엘비스가 옷 잘 입는 건 아냐. 옷 잘 입는 놈 내가 염두에 두고 있는데 스타일이 달라. 오늘은 니들 만난다고 해서 장난삼아 입고 나온 거지. 사실 나도 중학교밖에 나오지 못해서 돈 좀 벌어 보려고. 계획 잡히면 너한테 먼저 얘기해 줄게."

"알았어. 잘 해보자!"

이들은 다시 점심 먹었던 음식점 앞에서 만났다.

장필이 제안했다.

"이제 어디로 가지? 의정부 한 번 가 볼래? 여기서 버스 타면 의정부까지 가는데."

미소가 오늘은 그냥 집으로 가자 해서 이들은 다시 버스를 타고 동두천역 앞에서 내렸다.

미소와 선애는 미소의 집으로 갔고 장필과 박사장은 장필의 클럽으로 갔다.

미군이 아직 외출금지 상태라 장필네 클럽은 개점휴업이었다.

아가씨들도 별로 눈에 띄지 않았다.

박사장과 장필은 근처 부대볶음 집으로 가서 모자란 알콜을 보충하기 위해 소주를 시켰다.

"한국 사람은 뭐니 뭐니 해도 소주가 맞아!"

한참을 걷고 얘기를 한 뒤끝이라 소주가 혀에 달게 감기며 목으로 부드럽게 넘어갔다.

"사장아! 우리 클럽에 우리보다 세 살 많은 종필이라는 애가 있는데 다음 달에 미국으로 들어간다더라."

"미국 어디? 어떻게? 누가 초청했냐?"

"친하게 지내던 미군이 제대하고 미국으로 갔는데 초청해서 뉴욕으로 간다더라."

"초청받더라도 미국 들어가기 힘들잖아?"

"다 길이 있더라."

당시 아가씨들이 미군과 결혼해서 미국으로 가는 경우는 여럿 봤어도 총각이 가는 경우는 드물었다.

"미국 가서 뭘 한 대?"

"가 봐야 알겠지. 일단 미국으로 들어가기만 하면 다 먹고 살 길이 있다더라."

"야! 우리 클럽에 한 달 전쯤 말녀라는 애가 새로 왔는데 애가 좀 다르더라."

"촌스럽게 이름이 말녀가 뭐냐?"

"본명은 좋아! 안정해. 봉화 춘양면 우구치 산골에서 태어났고 2남 7녀 중 막내라서 그냥 집에서 말녀라고 불렀다더라. 그쪽에 공장이 있냐 뭐가 있나, 그래서 일자리 구하러 대구로 나갔다 다쳐가지고 왜관 클럽에서 일하다 이왕 버린 몸 돈이나 많이 벌어 보자고 동두천으로 왔다더라."

"근데 뭐가 달라? 나이가 몇인데?"

"우리보다 세 살 많은데 애가 이쁘고 헤프지 않아! 그리고 생활력이 아주 강해 보이더라."

"이 바닥은 다 헤프잖아?! 너 개 자빠트렸냐?"

"야 인마 가게 애들 자빠트리면 재수 없어! 더군다나 아버지 가게인데. 너는 파파상 애들 자빠트리냐?"

"그러진 않지! 우리 가게에도 괜찮은 애가 하나 있어. 꽃분이라고."

"꽃분이? 야 진짜 촌스럽다!"

이곳 아가씨들은 대개 두세 개의 이름을 가지고 살아간다.

기지촌 밖에 나가면 쓰는 진짜 이름 즉 본명. 기지촌에 들어오고 나면 본명은 행정명이나 다를 바 없어 별로 쓸 일이 없다.

하나는 기지촌에서 일하는 한국사람끼리 쓰는 가명. 자기들끼리 예명이라고 하기도 하는데 일부러 좀 천박하면서도 친근하게 짓는 것이 관습화 되어있다. 자학적인 측면도 있다. 이 가명은 남이 지어 주기도 하지만 본인이 불러달라는 이름을 쓰는 경우도 있다. 말녀의 경우는 본인이 요청한 이름이다. 보통 가명을 두 개 정도 가지고 있다.

"야! 사장아. 너 낮에 미소 자빠트린 거 아냐? 오늘 너 어째 다른 때와 다르다?"

사실 박사장이 소주를 덥썩 덥썩 입에 털어 넣으며 장필과 얘기하고 있지만 머릿속엔 낮에 미소와 주고받은 말이 고추잠자리처럼 맴돌고 있었다.

미소에게 말 거는 미군 놈은 어떻게 생겼을까? 동두천에 사람이 없다니… 내가 지금보다 잘 돼서 미소에게 청혼하면 받아 줄까? 그러다 갑자기 꽃분이 생각도 나고… 이 상황에서 왜 꽃분이가 생각나지?

박사장과 장필은 좀 남다른 청년들이다.

이곳에서 일하며 이 나이가 되면 흔한 여자와 하룻 밤을 보내는 일은 쉽고 젊음을 대개 술과 여자 그리고 대마초와 함께 보내는 경우가 태반이다.

그러나 이들은 아직 여자를 제대로 자빠트린 적이 없는 젊은이들 말하자면 아직 총각 딱지를 떼지 못한 보기 드문 순정파들이다. 물론 나름대로의 성욕을 해소하는 방법이 있기는 했었겠지만…

박사장이 꽃분이 생각이 머리에 스치는 순간 집으로 가자고 제
안하여 술자리가 끝났다.

동두천역 앞에서 박사장과 장필을 떼어 보낸 미소는 선애를 자
기 집으로 데려갔다.

선애는 방을 한 개 따로 쓰고 있어 둘이 얘기하기는 아주 그만이
었다.

미소 방을 둘러 본 선애가 말했다.

"미소야! 너 무슨 공부 하냐?"

"응? 공부하는 게 아니고 가르치지."

"뭘 누구에게 가르쳐?"

"미군에게 한국말 가르쳐! 6개월 됐는데 지금은 한국 문화 쪽에
도 관심을 둬서 그쪽 책을 구해서 보고 있어. 그래서 저 책들이 있
는 거야."

"미군 누군데?"

"나이는 나보다 일곱 살 많고 캠프 케이시 항공대 준위인데 헬기
조종해."

"그래? 그럼 공부는 여기서 하냐?"

"아니지 주로 영내 우리 사무실이나 클럽에서 해."

"클럽?"

"너도 알다시피 미군부대 내의 클럽은 장교들이 출입하는 오피서스Officers 클럽, 하사관들이 출입하는 NCO Non-Commissioned Officer 클럽, 사병들이 출입하는 EM Enlisted Man 클럽이 있잖아. 준위는 하사관 맨 위 계급인데 NCO 클럽 중 공연을 하는 서비스 클럽 말고 공연을 하지 않는 일반 클럽에서 주로 만나 공부해. 그곳은 의외로 조용해서 얘기하거나 공부하기 좋아. 누구 눈치 볼 필요도 없어."

"미국서 뭐 하던 놈인데?"

"놈이 뭐냐?"

"그럼 님이냐?"

"놈도 아니고 님도 아니고 뭐랄까. 맨? 웅! 맨."

"너 그 맨 좋아하냐?"

"좋지도 싫지도 않은데 제자로선 좋아하지."

"제자?"

"웅! 아주 시키는 대로 열심히 따라 하고 고분고분하며 선생에게 깍듯하고 예의 바르니까."

"너 나이 많은 제자에게 빠졌구나?

공부는 매일 하냐?"

"처음에는 일주일에 한 번 했는데 요즈음은 일주일에 세 번."

"미국 어디 출신인데? 이름은 뭐고?"

"이름이 '존 대니'. 좀 촌스럽지? 인디애나주 출신으로 집안은 옥수수 농사를 짓고 대학 다닐 때 나중에 농사용 헬리콥터 조종을 위해 조종면허를 땄는데 졸업을 하니 징집영장이 나와 군대를 갔대. 그때는 베트남 전쟁이 한참인 때라 미국도 징병제를 하고 있었대. 육군 항공대에 배치되어 훈련을 받고 베트남에 참전했는데 얼마 안 있어 월남전이 끝나서 일본 오키나와로 이동했다더라. 근데 일본 오키나와 날씨와 주위 경치가 너무 좋아서 제대가 임박해 복무 연장 신청을 해서 준위가 되었고 본격적으로 헬기 조종을 하다 다시 한국으로 배치받아서 한국에 근무한지 2년 됐을 때 나를 만나 한국에 대해 공부를 시작한 거지.”

“한국에 대해 공부는 왜 한 대?”

“그동안 베트남, 오키나와, 한국에서 지내보니 경치와 날씨는 오키나와가 좋긴 한데 사계절이 명확하지 않아 오래 살기는 별로라더라. 사람들 그중 한국 여자들이 제일 잘 생겼고 똑똑해서 좋다고 하더라. 그리고 한국의 날씨가 인디애나와 거의 같대. 위도가 같아서 그런지 사계절이 있는 것도 그렇고. 헬리콥터를 타 보면 한국의 산이 미국의 산보다 참 아름답다고 하더라. 특히 가을 산. 그래서 한국이 좋고 한국을 배우려고 한 대. 한국이 앞으로 잘 사는 나라가 될 거라고 하면서.”

이렇게 미소와 선애는 밤이 깊도록 얘기를 나누다 헤어졌다.

박사장은 다음 날 방위 근무부대에서 퇴근하자마자 서둘러 파파상으로 갔다. 파파상에는 예상대로 손님이 없었다. 하지만 아가씨들은 드문드문 출근을 한다. 집거처에 있어도 손님이 없기는 마찬가지고 쉬더라도 나와서 쉬는 게 더 나은 점도 있기 때문이다. 손님이 있든 없든 클럽에 출입하는 아가씨들의 검진증은 꼭 검사를 한다. 꽃분이가 왔다. 검진증을 자세히 봤다.

'선미옥 NO 874'
박사장은 검진증에 붙은 사진과 꽃분이의 얼굴을 자세히 본 뒤 검진증을 사무실 입구 검진증꽂이에 꽂지 않고 호주머니에 집어넣은 뒤 꽃분이에게 사무실 별실에 가서 기다리라고 하니 꽃분이가 별 대꾸 없이 별실로 갔다.

검진증은 요즘 의료보험증과 크기와 구조가 비슷하며 삼단으로 접게 되어 있다. 앞 면에 증명사진이 붙어 있고 증證번호와 기본 인적사항, 발행처를 적도록 되어 있다. 주소이전란, 주의사항란 이렇게 세 쪽, 뒷면에는 기본 확인란이 한쪽, 나머지 두쪽은 가로로 1월부터 12월, 세로는 1주에서 5주까지 주 2회 확인을 하는 성병검사 확인란이 있다. 확인처는 보건소이거나 동네 지정병원이다. 이런 항목은 한글과 영문이 병기되어 있다. 모든 아가씨들은 이 검진증

을 들고 1주일에 두 번 성병검사를 받아야만 했다. 이들에겐 이 검
진증이 제2의 신분증이자 영업허가증이었던 셈이다.

박사장이 별실로 들어서자 꽃분이가 물었다.
"이번엔 왜요?"
"고향에서 뭐하다 왔는지 궁금해서."
"그게 왜 궁금해요?"
"나는 다 알고 있어야 돼! 그러니까 프로지. 박프로,"

한 참 침묵이 흐른 뒤

"이런 데서는 고향에 관한 것은 묻지도 말하지도 않는 거 잘 알죠?"
"알지."
"그런데 왜 물어요? 괜히 고향하고 식구들 생각나게."
"그건 미안하지만 나는 다 알고 있어야 하니까."
꽃분이가 작심한 듯 말했다.
"우리 집이 땅끝 마을 자그마한 어촌인데 집이 가난해서 오빠들
은 다 남의 배 타고 바다에 나가 고기 잡는 일 하는데 여자인 나는
배를 탈 수 없어서 일자리 알아보다 이 길로 왔죠. 됐어요?"
"바로 이곳으로 온 게 아니잖아? 괜찮아 믿고 말해."

선미옥이 박사장을 한참 바라보더니 말을 이었다.

"처음에 목포로 무작정 나갔는데 뭐 특별한 재주도 없는 데다 일자리도 없고 군산에 좋은 일자리 있다고 해서 따라갔다 군산 기지촌에 넘겨졌죠. 그곳보다는 이곳이 낫다고 해서 수를 써서 이곳으로 왔죠."

"여기가 좀 낫나?"

"클럽이 훨씬 많고 파파상처럼 사람 대우해 주는 클럽이 있잖아요. 파파상같이 아가씨들 인격적으로 대우해 주는 곳 많지 않아요. 보산리 쪽에도 이런 데가 하나 있다던데?"

"그건 그렇지."

"넌 언제까지 클럽에서 일 할 건데. 나가서 뭐 딴 거 할 생각은 없어?"

"일단 돈을 번 후 생각해 보려 하는데 모은 돈이 없어요. 잘 아시잖아요? 우리 세계. 빌린 돈 이자 내고 방세 내고 옷, 화장품 사고 머리하면 고향에 보낼 돈도 빠듯한데 돈이 모아 지나요?"

"고향에는 좀 보내냐?"

"많진 않아도 꼭 보내죠. 그 힘으로 버티는 건데. 제 남동생이 이 돈으로 공부하고 있어요. 현재까지는 공부 잘하고 이놈이 우리 집안의 희망이죠."

까지 말하고 고개를 숙이고 소리 없이 어깨를 들썩이며 울기 시작했다. 박사장은 더 이상 묻는 것을 멈추고 콜라 한 병과 검진증을 탁자 위에 놔두고 슬그머니 별실을 나왔다.

박사장은 혼자 생각에 잠겼다.

아가씨들!

미군부대 영외_{營外} 클럽의 종사자는 밴드와 아가씨, 기도 등 기타 종사자로 구분된다. 기지촌에서 일하는 밴드는 하우스 밴드와 오픈 밴드로 구분되는데 연주자들의 대부분은 미 8군 무대의 오디션에서 떨어진 사람들이 대부분이고 소수는 아예 미 8군 무대에 도전하지 않고 처음부터 이곳으로 온 아웃사이더 들이다.

하우스 밴드는 클럽에 전속된 밴드를 말하고 이곳 저곳을 떠돌며 연주하는 밴드를 오픈 밴드라 한다.

밴드 종사자들의 수입이 클럽에서는 가장 많았다. 밴드는 대개 7인조에서부터 14인조로 연주자, 가수, 무용수, 사회자 등으로 구성되어 있다. DJ는 밴드가 공연을 하지 않는 시간에 음악을 틀어주고 분위기를 돋우는 일을 했다. 클럽은 속셕상 문을 열어서 닫는 시간까지 여러 장르의 음악이 끊이질 않게 해야 한다. 간단한 음식과 안주를 만드는 주방에서 일하는 사람들이 있고 바에서 술과 음료를 다루는 사람, 기도와 술과 음료를 나르는 등 잡일을 하는 사람이 있다. 그리고 아가씨들!

사실은 이 아가씨들이 미군과 함께 이 클럽들의 주인공이다. 그런데 이 아가씨들이 위안부, 양색시, 양공주, 양갈보 등으로 불리며 천대받으며 일을 했다.

초기에는 미군들이 클럽에 처음 오면 입구의 검진증꽂이에 꽂혀 있는 검진증의 사진을 보고 마음에 드는 아가씨의 검진증 번호를 확인하여 아가씨를 고르는 형태로 운영되었다. 나중에는 아가씨들이 클럽 입구에 늘어앉아 있으면 픽업을 하고 미군들이 단골을 지명하기도 했고 더 나중에는 아가씨들이 클럽 밖에서 호객행위를 하는 데까지 변화가 생겼다.

아가씨가 미군에게 지명이 되면 홀에서 춤을 같이 추기도 하고 테이블에 앉아 얘기를 주고받으며 음료나 술을 마시는데 이 음료나 술의 판매량에 따라 수입이 결정된다. 클럽 입장에서는 당연히 매상을 많이 올리는 아가씨를 선호한다. 아가씨들은 이 매상을 많이 올리기 위해 나름대로의 노하우를 가지고 있다. 이렇게 클럽에서 만난 미군과 아가씨들은 소위 말하는 2차를 간다. 아가씨들이 기거하는 방으로. 그곳에서 혈기왕성한 미군들은 성욕을 해소하고 부대로 들어가는 것이다. 이렇게 2차를 마친 아가씨들은 다시 클럽으로 나와 이러한 행위를 반복하여 하루에 몇 차례씩 2차를 하는 경우가 태반이었다. 클럽에 나오지 않고 아예 2차를 전문으로 하는 아가씨들도 많이 있었다. 검진증이 발급되지 않는 미성년자들이나 검진에 통과되지 못한 아가씨들이 벌이를 위해 성매매를 주업으로 삼는 경우다. 성매매 전문 집장촌에서 일하는 것인데 이들의 중간에는 포주抱主 포주 기둥서방이라는 사전적 의미도 있지만 윤락녀를 관리하는 남자, 여자를 다 말함 와 펨프pimp 사전적 의미는 매춘을 알선하는 남자를 말하나 기지촌에서는 포주를 거느린 사람으로 통용됨가 끼어 있다. 이렇게 아가씨들의 수입원은 다양했고 수입도 꽤 되었으나 돈 없이 뛰어든 아가씨들이 대부분이라 돈을 빌리게 되고 아니 구조적으로 돈을 빌리지 않을 수 없도록 만들어 돈을 빌려주고 비싼 딸라이자를 받아 이들을 착취하는 먹이사슬이 형성되어 있었다.

미군들과 아가씨들의 생활이 이렇다 보니 성병이 만연하여 한국에서도 미국에서도 사회문제가 되었다. 한국에서 복무를 마친 병사들이 성병에 감염되어 귀국하는 일이 늘어나자 미국의 부모들이 미국정부에 항의하는 일이 잦았고 급기야는 미 8군에서 기지촌의 불결한 환경과 성병문제를 공식적으로 제기하여 정부에서 기지촌 정화 운동을 벌이기도 했다.

80년대 초까지 한국의 주거환경은 아주 낙후되어 있었다. 연탄으로 난방을 해결하는 집이 많았고 상하수도 보급률도 형편없었다. 화장실도 수세식은 얼마 되지 않았고 샤워라는 게 보편화되지도 않은 시절이었다.

이러한 환경을 일거에 개선할 여력이 없던 정부는 쉬운 방편으로 토벌을 택했다.

이 기지촌 여성들에 대하여 미군 헌병, 한국 경찰, 보건소, 자치회 등이 합동으로 월 2회 검진중 미소지자나 성병 검진을 통과하지 못한 여성들을 색출하여 처벌하거나 하얀집성병 검진 낙검자 수용소에 보내는 일을 했는데 이를 '토벌'이라고 했다.

토벌이 시작되면 결격사유가 있는 여성들이 도피를 하는 일이 많았는데 새파란 미성년자들이 민가로 뛰어들어 숨겨달라고 애원하는 일이 벌어져 이불 속에 숨겨주는 일도 비일비재했다.

아가씨들이 이렇게 발버둥 치며 딸라를 벌어야 하는 절박함이 있던 게 당시 우리나라의 현실이었다.

어느 나라 군대든 젊은 병사들의 성욕 관리는 중요한 과제 중 하나다. 외출 외박을 막으면 문제가 없을 것 같지만 부대 내부에서 문제가 생기는 경우가 늘어난다. 때문에 쉴 새 없이 훈련을 시키고 운동을 시켜 성욕을 억제시키려 하지만 한계가 있다. 이래서 한때 한국 군대에서 주는 건빵 봉투 안에 들어 있는 별사탕이 정력 감퇴제라는 말이 돌기도 했는데 사실여부는 확인되지 않았다.

미군의 경우는 부대 내에 병원, 클럽, 은행, PX, 종교시설 등 웬만한 생활시설이 다 갖춰져 있다. 단지 성욕 해소 시설이 없을 뿐이다. 이에 대한 방출구가 외출 외박이다. 따라서 외출 나온 미군이 이성에 대해 관심을 갖는 것은 어쩌면 당연한 일인지도 모른다. 더구나 젊은 남자가 중심인 육군이 많이 주둔하는 경우는 이런 성에 대한 수요가 많을 수밖에 없다. 때문에 성범죄가 많이 발생한다. 미국이나 한국 정부에서는 이러한 사실을 잘 알고 있었기에 이를 방조하는 면도 있다.

이런 형태의 성매매와는 달리 계약동거라는 방법을 택해 성욕을 해소하고 생활 편의를 제공받는 형편이 좀 나은 미군들도 있었다. 미군들은 포주를 통해 거래를 했는데 외출 외박 시 셋방에서 고정적으로 아가씨와 성욕을 해소하고 서로 후견인 노릇을 해 주다 결혼까지 가는 경우도 더러 있었다.

달러가 절박한 시절 공장이나 건설 현장에서 일하는 사람들만 산업전사가 아니고 이런 기지촌에서 일하며 어렵게 달러를 번 아가씨들도 대표적인 산업전사였음에는 틀림없었다.

한국은 2004년 9월 23일 성매매 특별법을 제정하여 시행하고 있다. 성매매 특별법은 '성매매 알선 등 행위의 처벌에 관한 법률'과 '성매매 방지 및 피해자 보호 등에 관한 법률'을 말한다.

그러면 이전에는 성매매에 대하여 처벌하지 않았는가?!

이전에도 1961년 제정된 '윤락행위등방지법'이 있어 윤락행위,

윤락행위의 상대자, 윤락행위 관련자 등을 처벌하도록 되어 있었으나 이를 강하게 처벌하지 않고 정책적으로 눈 감아 온 측면이 많았다. 구법과 새로 제정된 두 법의 가장 큰 차이점은 처벌의 주 대상이 윤락여성에서 매수자를 포함한 쌍방으로 바뀌었고 윤락이란 용어 대신 성매매性賣買란 용어를 사용, 성판매 여성에게만 가해지던 비도덕적 편견을 바로잡은 것이다.

성매매 특별법 제정 당시 사회는 좀 시끄러웠다. 특히 집장촌에서 일하는 여성들의 반발이 컸다. 생계유지 수단이 없어지기 때문이었다.

그렇다면 지금 성매매는 사라졌는가?!

오히려 성개방 풍조에 편승하여 음성화, 변종화되어 더 많은 폐악이 염려되고 있다.

성매매가 만연하면 가장 우려되는 것이 과거에는 성병이었으나 지금은 윤리의 훼손에 따른 사회도덕의 붕괴에 대한 걱정이 더 크다. 그런데 이를 억누르고 봉쇄하면 이에 따르는 부작용이 만만치 않다. 성범죄가 증가하여 사회가 더 혼탁해질 수 있고 정상적으로는 성생활의 기회를 가질 수 없는 성性 소외자들에게 인간의 기본적인 욕구를 해소할 기회가 주어지지 않는 문제, 그리고 자발적으로 성매매를 직업으로 택해 자부심을 가지고 종사하는 사람들의 권리가 침해되는 면이 있는 것이다.

정부와 사회는 이 점을 잘 절충하여 이 분야의 선진국을 모델로 삼아 성매매를 합법화할 방법을 찾을 때가 된 것 같다. 선진국 중엔 부분적 또는 전반적으로 성매매를 합법화 한 국가가 의외로 많다.

　박사장은 꽃분이에 대해 이상한 점을 발견했다.
　꽃분이는 클럽에서 이 미군 저 미군과 대화하며 콜라나 우먼 드링크라 불리는 희석 위스키는 더러 마셨지만 셋방으로 성매매 나가는 모습을 보지 못했다.
　이건 뭐지?
　그런데 내가 왜? 꽃분이의 이런데까지 신경을 쓰고 있지?라는 생각이 미치자 의도적으로 딴 데로 생각으로 돌렸다.

　어느 날 박사장은
　꽃분이와 친하게 지내는 언니 아가씨에게 물었다.
　"이봐 언니! 꽃분이는 왜 2차를 안 나가?"
　"프로님. 그거 모르고 있었어요?"
　"뭘?"
　"꽃분이 미군과 동거하는거!"
　"으잉?"
　"백인야? 흑인야?"

"백인."

아! 그랬구나! 꽃분이가 계약동거라는 걸 하고 있구나!

●● 뮤직

　박사장은 방위병 제대를 하고 파파상 사장의 말에 따라 DJ를 보기 시작했다. 기도보다는 DJ가 훨씬 폼 나고 수입도 좋았다. 사회에는 작은 변화가 아니 큰 변화가 일어나고 있었다.

　광주에서 5.18민주화운동이 일어났다.

　꽃분이는 클럽에 나오지 않는 날이 많아졌고 얼굴이 전보다 많이 어두웠다. 몸은 좀 불어 보였다.

　계약동거를 하고 있다는 말을 들은 뒤로 박사장은 꽃분이에게 부담을 줄까 봐 말을 거는 것을 자제하고 있었다.

　파파상클럽에는 7인조 오픈 밴드가 출연하고 있었는데 나오지 않는 날이 많았다. 밴드가 나오지 않는 날에는 박사장이 더 바빠진다. DJ가 음악을 트는 시간이 많아지고 말도 더 많이 하게 되기 때문이다. 말은 말 그대로 콩글리시인데 정확한 영어가 중요한 게 아니라 분위기 띄우는 게 중요해서 그리 문제 되지 않았다. 가끔 한 국말로 욕설을 섞어가며 진행을 하면 미군들의 환호가 더 커진다. 미군부대 분위기나 사회 분위기가 그래서 그런지 거리에 백인과 흑인이 같이 어울려 다니는 모습이 늘었고 기지촌 클럽도 백인 출입업소 흑인 출입업소의 구분이 없어져 갔다.

백인들은 컨트리, 로큰롤 등을 주로 좋아했고 흑인들은 소울이나 리듬앤블루스를 좋아해서 박프로는 홀의 분위기에 맞춰 음악을 날렸다.

5월 하순 나른 한 오후, 박사장이 그날 저녁에 틀어 줄 노래를 선곡하고 있는데 꽃분이와 친하게 지내던 언니가 헐레벌떡 클럽으로 뛰어들었다.

"박프로! 큰일 났어요! 꽃분이가…"

"응! 꽃분이가 왜?"

"죽었어요…"

계약동거하던 미군과 결혼을 약속하고 임신까지 했는데 미군은 말도 없이 본국으로 돌아갔고 소식이 끊겼다. 배는 불러와 이젠 더 일을 할 수는 없는 지경. 동생 학비 걱정에다 뭐다 걱정이 많던 터에 연탄가스 힘을 빌려 목숨을 거두었다. 고향에 어찌어찌 연락은

했다 하나 가족은 나타나지 않았다. 이쪽 종사자들의 사정이 대개 이랬다. 몸을 판다는 것, 특히 양놈들에게 몸을 판다는 것은 집안의 치욕이라 해서 가족들로부터 외면당하는 일이 많았다.

장례식을 하느냐 마느냐 논란이 있었지만 위아래 아가씨들 사이에서 인심을 잃지 않아 파파상 클럽의 아가씨들을 중심으로 장례식 준비를 했다. 파파상 사장과 박사장도 적극 참여해서 장례식이 치러졌다.

아가씨들이 하얀 소복을 입고 꽃상여를 멨다.

턱거리에 아카시아 향이 옅어질 무렵 꽃분이는 꽃상여를 타고 공동묘지 하얀 세상으로 떠났다.

이런 형태의 장례식이 60년대 말에는 자주 있었으나 1980년에 이런 장례식이 치러질 줄은 아무도 예상을 못 했다. 그만큼 동두천 아가씨들 세계에서 꽃분이는 착하고 가족을 위해 희생하는 아가씨로 아름아름 알려져 인정받고 있던 존재였던 것이다.

파파상 아가씨들의 미군에 대한 분노가 들끓어 한동안 클럽영업에 지장을 주었다.

박사장은 손님도 없는 클럽에서 슬픈 음악만 연신 틀어 댔다.

내가 좀 더 말동무가 돼 줄걸……
계약동거를 하고 있다는 것을 안 이후에 낯을 가린 것을 후회했다.
다 꽃분이가 불편해 할까 봐 일부러 그랬는데 알아주겠지…

박사장은 며칠 후 장필을 찾아갔다.

"소문 들었지?"

"그래. 그렇더라도 얼굴 좀 펴라! 다 죽어가는 얼굴을 하고…"

"마음이 아프다. 착하고 이쁜 애였는데… 자꾸 생각 나."

"잊어버려!"

둘은 이 날 술깨나 마셨다.

"이게 다 기지촌의 아픔 아니냐?! 우리 성공해서 이런 애들 좀 도와 주자!"

장필이 박프로를 위로했다.

장필은 마음 착한 박프로가 꽃분이에 대해 어떤 마음을 가지고 있었는지 잘 알고 있었기 때문이었다.

그해 12월 한국에서도 컬러 TV 방송이 시작되었다.

클럽에도 홀에 컬러 TV를 몇 대 들여놓았다.

세상이 좀 밝아 보이기도 세상이 달라질 것 같은 느낌이 들기도 했다.

해가 바뀌면서 동두천은 읍에서 시市로, 보산리는 보산동으로 승격 되었다.

시市가 되어서 그런지 뭔가 희망이 보이는 것 같기도 했다. 클럽의 손님이 꽃분이가 가기 전의 수준으로 회복되었다.

박사장은 비록 영외營外이기는 하지만 클럽의 DJ다.

DJ는 음악을 다룬다.

클럽의 음악은 미 8군에서 시작되었다.

미 8군이라 함은 용산 미 8군 사령부를 말하는 것이 아니라 한국에 주둔하고 있는 미 지상군을 통칭하는 말이다. 미 8군은 1944년 태평양전쟁에 참전하기 위해 창설되어 남태평양, 필리핀, 일본을 거쳐 한국으로 들어왔다. 도쿄에 사령부를 두었다가 1955년에 사령부를 한국 용산으로 이전하였다. 예하에 미 24사단, 미 7사단, 미 2사단이 있었으나 24사단과 7사단이 한국에서 철수하여 현재는 미 2사단만 남아 있다. 미 2사단은 1917년 창설된 지상군이다.

6.25 전쟁이 멈춘 후 한국에 주둔한 미군의 숫자가 60년대에는 최고 6만 명에 달했다. 이 군인들을 위해 미국 본토에서 공연단이 파견되어 위문을 하고 돌아가곤 했다. 공연단에는 마릴린 먼로, 엘비스 프레슬리, 냇 킹 콜, 조니 마티스, 진 러셀 등 쟁쟁한 스타들도 포함되어 있었다. 이들의 공연은 춤과 노래, 코미디, 마술 등으로 구성된 패키지쇼였고 밴드가 이를 뒷받침했다. 위문 공연은 일회

성이다.

미 8군은 군인들을 위해 영내營內 클럽에서의 상시 공연이 필요
했다. 미군은 한국 악단을 활용하기로 하고 엄격한 심사를 통하여
한국인들이 미국 대중음악을 연주하고 노래하게 했다.

1950년대 중반 전국의 미군 영내營內 클럽 수가 260여 개에 달했
고 클럽마다 가수와 밴드로 구성된 몇 개 팀의 악단이 공연을 했
다. 이런 미군 영내 클럽을 미 8군 무대로 통칭했다. 연예인들이
'미 8군 무대에 섰다'라고 말하는 것은 용산 8군 사령부 무대에 섰
다라는 의미가 아니고 전국 곳곳에 산재된 미 8군 소속 부대의 무
대에 선 것을 말하는 것이었다. 그중에서도 미 7사단이 주둔했었
고 부대 규모가 가장 큰 미 2사단이 주둔하고 있으며 영내외營內外
의 클럽 수가 많아 유명 뮤지션을 많이 배출한 동두천이 그 중심이
었다고 할 수 있다. 이 미 8군 무대에 서려면 정기적으로 미 국방성
에서 파견한 전문가들로 구성된 심사단의 엄격한 심사, 요새말로
오디션을 보아야만 했다. 심사의 기준은 당시 미국 본토의 신곡을
들려주던 주한미군방송AFKN 수준의 음악 트렌드에 맞아야 했고
재미가 있어야 했다. 이렇게 일정 수준 이상의 음악인, 예능인들에
대한 수요가 갑자기 늘다 보니 이의 공급을 위한 업체인 화양흥업,
유니버설흥업 등 '흥업사'들이 우후죽순처럼 생겨났다. 이 흥업사
들이 바로 요즈음 K-Pop Korean Popular Music을 주도하고 있는 기획

사의 효시였던 것이다.

이런 여건 때문에 당시 암울하던 50~60년대에도 동두천은 미국의 최신 대중음악을 바로 접하고 익히며 생활했던 것이다.

박사장도 이런 분위기에서 자라고 생활했기에 DJ를 무난하게 볼 수 있었다.

양악洋樂은 크게 궁중음악을 바탕으로 한 고전음악클래식과 서민음악대중음악으로 구분된다. 국악國樂도 궁중 제례악과 민요로 나눌 수 있다. 현대사회의 생활음악은 동서를 막론하고 대중음악이 주류라 해도 과언이 아니다.

사실 우리 한韓민족은 조선 이전까지 흥은 있었으나 체계적인 음악이 생활 속에 파고들었다고 볼 수는 없다. 말하자면 음악이 없는 생활을 했다고 볼 수 있다.

한민족이 서양 대중음악을 처음 접한 것은 일제강점기 중반 활동을 시작한 악극단을 통해서였다. 이때 등장한 노래가 고복수의 '타향살이', 이난영의 '목포의 눈물'이었다. 형식은 이른바 트로트 또는 뽕짝로 현재까지도 그 명맥을 이어오고 있다. 그 후 8.15해방이 된 뒤 미군 군정 기간 동안 한국 국민이 미군의 클럽을 통해 접한 노래가 '베사메 무초 Besame Muscho', '유 아 마이 선샤인 You are my sunshine' 등 본격적인 서양 대중음악 즉 POP 이었다. 6.25 전쟁이 일어나 미군이 다시 들어온 후 미국에서 유행하는 신곡들이 AFKN 을 통하여 전파를 탔고 미 8군 무대를 통하여 한국의 새로운 대중음악과 연예 패턴이 형성됐다. 이때 최희준, 패티김, 이한필위키리, 박형준, 김상국, 유주용, 한명숙, 신중현, 김홍탁, 차중락, 윤항기, 윤복희 등 POP의 1세대들이 등장하였고 POP 2세대라 할 수 있는 한대수, 김민기, 송창식, 양희은, 이장희 등이 등장하여 통기타 혁명을 일으키며 70년대 청년문화를 주도하였다. 이 시절의 트로트는 남진, 나훈아, 하춘화, 김추자, 문주란 등이 맥을 이어갔다.

1980년대는 한국 대중음악의 장르가 좀 더 다양해지는 교차 시기였다. 발라드와 댄스 음악이 등장했고 강변가요제, 대학가요제가 번성하여 록 음악이 인기를 끌었다. 조용필이 대중음악계를 휘어잡은 가운데 80년대 후반기에는 김완선, 소방차, 박남정 등 10대 청소년들이 대중음악 시장에 등장한다.

박사장은 대중음악 시장의 이런 변화가 시작된 80년대 초에 클럽에서 DJ를 보기 시작했다.

클럽에서의 밴드는 70년대 말부터 퇴조하기 시작했고 80년대 초부터 그 자리를 DJ가 메워 나갔다.

70년대 이전에 동두천 영내외營內外 클럽에서 활동하여 한국 대중음악의 발전에 엄청난 기여를 한 신중현 등 쟁쟁한 뮤지션들의 숨결이 밴 동두천 클럽에서 박사장이 DJ를 보게 되었던 것이다.

어느 날 또 박사장이 보산동으로 장필을 찾아갔다.

"요즘 어때?"

"생각보다 손님이 많지는 않아."

"시로 됐으니 좀 나아지지 않을까?"

"미군이 문제지 뭐…"

"요즈음 미군 외출금지가 전보다 좀 잦더라?!"

"글쎄 말이야. 뭔 일 있나?"

"걔들이 어디서 사고 치면 외출이 금지되더라고."

"말려랬던가? 걔는 잘 있나?"

"걔 요즈음 아파서 드문드문 나온다."

"어디가 아픈데?"

"자세히는 모르고. 왜? 너 관심 있나?"

"선애는 요즈음 어떻게 지내?"

"잘 나가나 보던데. 돈도 좀 번거 같고."

"미소는?"

"미소 소식은 네가 더 잘 아는 거 아냐?"

"요새 통 보질 못해서…"

박사장은 미소 생각이 날 때 늘 말녀나 꽃분이 등 다른 사람 안부를 묻는 버릇이 있다. 장필도 그걸 잘 알고 있지만 면박을 주지 않는다. 왜 그러는지도 대강 알고 있기 때문이다.

"언제 넷이서 한 번 볼까?"

"그래. 장필 네가 전처럼 날짜 한 번 잡아 봐."

"매번 그건 내 담당 이구나."

"야! 네 말은 애들이 경계를 하지 않잖냐!"

그건 사실이었다.

장필은 꼭 뭐라고 꼬집어 말할 수 없는 독특한 말과 행동으로 이 바닥에서 인심을 잃지 않고 있었다. 양키시장 사람들, 클럽 종사자들, 아가씨들 등등 나이가 많은 사람들도 장필보다 어린 사람들도 장필을 좋아 했다.

그 해 가을

장필이 박사장을 급히 찾았다.

"야! 말녀가 죽었다."

"응? 이게 뭔 일이야? 지난봄에 꽃분이가 가더니…"

"너 꽃분이 장례식 치러 봤잖아."

"그렇지! 장례식 치러 줄려고?"

"장례식은 치르지 않더라도 묻어는 줘야 할 거 아니냐! 그런데 어찌 할 줄을 모르겠다. 니가 좀 도와줘!

"그런데 말녀가 왜 죽었는데?"

"말녀는 몇 달 전부터 시름 시름 앓았는데 병원에도 가지 않고 셋방에서 혼자 지냈다더라. 경찰에 의하면 영양실조에 의한 사망이란다. 내 참! 말녀가 죽기 며칠 전에 친한 애한테 유언 비슷한 말을 했단다. 결혼하기로 한 미군이 미국으로 돌아갔는데 꼭 다시 찾아오겠다고 약속했대. 흑인인데 틀림없이 찾아올 거라고. 그러니 장례식은 하지 말고 그때 자초지종을 말하고 묘지나 일러 주라면서 자길 공동묘지 말고 양지바른 적당한 곳에 묻어 달라고 했다네. 셋방에서 이런 쪽지가 발견됐어."

톰!
끝까지 기다리려 했는데 몸에 자꾸 힘이 빠지네요…
혹시 내가 먼저 죽더라도 지금까지처럼 열심히 살아요.
그동안 고마웠습니다.
정해.

둘은 또 한동안 말이 없었다.

기지촌에 종사하던 여성 중에는 이렇게 쓸쓸한 죽음을 맞이하는 경우가 많았다. 이때를 기준으로 동두천에 기지촌이 자리 잡은 지가 어언 20년이 가까운데 숫한 여성들이 죽었다. 미군 범죄에 희생된 여성도 있었고 자살한 여성, 병사病死한 여성들이 많았다. 기지촌 아가씨가 되어 매춘을 하다 더 나이가 들기 전에 자리 잡아 딴 곳으로 떠나면 문제가 없는데 그렇지 않으면 나이가 들어 펨프 또는 포주 생활을 하거나 술집을 열기도 하고 양키시장에서 잡일을 하기도 하는데 이들은 대개 가족과 연緣을 끊고 이렇게 쓸쓸한 죽음을 맞이하는 경우가 많았다.

장필, 박사장이 중심이 되어 말녀를 턱거리 부근 산기슭 양지바른 곳에 묻고 번듯한 돌로 무덤을 표시해 두었다.
들은 바에 의하면 말녀는 흑인 미군과 동거를 했었고 둘은 아주 사이가 좋았다 한다. 그 미군은 미국으로 돌아가게 됐고 미국에서 자리 잡으면 다시 한국에 돌아와서 말녀를 데려가기로 언약했다 한다. 그런 언약이 지켜지는 경우가 가끔 있기도 했지만 지켜지지 않는 경우가 더 많았다. 말녀가 임신을 하지는 않았다 한다.

이렇게 꽃분이와 말녀는 갔고
박사장은 음악에 대한 공부도 해 가면서 클럽 DJ 생활을 열심히 했다.

현대사회의 대중음악은 미국이 중심이고 무대다.

미국은 다민족 다인종으로 구성된 신생국가이다.

흑인의 본고장인 아프리카를 제외하고 흑인이 가장 많이 사는 나라가 미국이다.

미국의 대중음악은 흑인음악을 빼고 존재할 수 없다.

재즈JAZZ라는 장르는 아메리카에 정착한 아프리칸 즉 아프리칸 아메리칸에 의해서 1917년 미국 남부 항구도시 뉴올리언스에서 시작되었다 한다. 재즈는 트럼펫, 색소폰 같은 관악기가 연주되지만 오케스트라처럼 특정 악기를 비중 있는 악기라 생각하지 않고 가수를 포함 한 연주 참여자 전체가 평등한 일원으로 어떤 면으로는 제멋대로의 음악을 조화롭게 표출해 낸다. 이게 문화를 기간산업으로 인식함과 동시에 미국적 이념을 전세계에 전파할 수 있는 전략무기라는 사실을 일찍 간파 한 미국의 정책에 의해 제2차 세계대전 후 전 세계로 퍼져 나갔다.

이런 영향을 가장 먼저 받았고 이를 발전시킨 곳이 바로 한국의 동두천이다.

70년대 초까지 클럽에서의 빅밴드는 색소폰 5대, 트럼본 4대, 트럼펫 4대, 기타, 베이스, 건반악기 처음에는 피아노, 나중에는 키보드, 퍼

커션 손과 발로 동시에 연주하는 심벌, 앵글, 북, 탐탐 등으로 구성된 18명이 그룹을 이루었는데 금관악기가 14대로 압도적이다. 빅밴드는 금관악기에 약했던 한국에서 금관악기가 보급된 계기를 마련해 주었다고도 볼 수 있다.

17세기부터 아프리카 흑인들이 아메리카 목화밭으로 끌려와 일하면서 유럽에서 건너온 백인 음악과 결합되어 탄생한 블루스를 기반으로 미국 흑인음악의 맥이 리듬 앤 블루스, 재즈, 로큰 롤, 소울, 펑크, 랩, 힙합 등으로 이어지며 80년대를 맞는다.

백인 대중음악은 컨트리음악이 주류를 이루었고 모던 포크가 그 맥을 이어 나갔는데 1980년대 이후는 흑백 구별 없이 서로의 음악을 즐기는 통합의 시대로 접어들었다고 볼 수 있겠다.

박사장은 이런 대중음악의 시대 흐름을 잘 이해하고 좇으며 DJ를 해서 이 바닥에 이름을 날려 말 그대로 프로가 되었다.
박프로.

이렇게 세월은 흐르고 있었고
그해 가을 장필의 주선으로 선애, 미소, 장필, 박프로의 만남이 이루어졌다.

이번에도 장소는 동두천역

장필과 박프로가 동두천역에서 기다리고 있는데 카키색 코티나가 멎었다.

"타!"

"엉?!"

운전대는 미소가 잡았고 옆에 선애가 앉아 있었다.

"미소 너 차 산 거냐?! 빌린 거냐?!"

"차 가지고 다닌다는 얘기를 얼마 전 듣기는 했는데 니가 오늘 차 가지고 나올 줄은 몰랐다!"

"자세한 얘기는 목적지에 가서 하자! 일단 직탕폭포 쪽으로 가자."

미소는 운전이 생각보다 능숙했고 미제 코티나는 생각보다 좋았다. 도로는 차가 드문드문 지나가는 정도였고 주변의 단풍은 고왔다.

넷은 폭포 부근 매운탕집에 자리를 잡았다.

"차 산 거냐?"

"아냐! 우리 대니 차야."

"우리 대니?!"

"왜 전에 말했잖아. 내가 한국말 가르쳐 주는 미군 준위."

"야. 그걸 언제 얘기했냐?!"

"아! 맞다. 선애한테만 얘기했구나. 미 2사단 항공대 헬기 조종산데 내가 한국말 하고 한국 문화 가르쳤었는데 지금은 아니고."

"지금은 무슨 관곈데? 둘이 사귀냐?"

"응~ 그렇다고 볼 수 있지."

"뭐! 니가 미국놈하고 사귀어?!"

"왜? 사귀면 안 되냐?!"

"니 아버지가 반대 안해?!"

"아버지도 알고 계셔."

"결혼하게?!"

"그럴지도 몰라. 대니가 내년에 결혼해서 미국으로 같이 가서 살자고 하네."

박프로가 외마디 소리를 질렀다.

"야! 이거 큰일 났네! 나는 어떻하구?!"

박프로의 머리가 어지러운 사이 장필이 또 폭탄을 터트렸다.

"나도 미국으로 갈지 몰라!"

"엉?! 장필 네가?!"

"아버지가 클럽 정리하고 미국으로 건너가자고 하셔서 알아보는 중이야! 선애 니가 클럽 인수할 사람 있으면 소개 좀 해라!"

박프로는 폭탄을 두 방 맞고 매운탕이고 뭐고 단풍이고 지랄이고 정신이 혼미해 클럽으로 돌아 왔다.

●● 마초

박프로는 클럽이 문을 닫을 무렵 마초를 찾았다.

마초는 클럽에 출입하는 미군에게 대마초를 공급하는 두 살 아래 연천 출신 병태를 그렇게 불렀다.

"야! 마초!"

"예. 형님!"

"마초 좀 줘봐!"

"형님이 하시게요!"

"그래 이 새끼야. 나는 마초 하면 안 되냐?!"

박프로는 마초 두 대를 연거푸 피우고 캡틴큐를 몇 잔 마신 뒤 클럽 별실에서 그냥 잠들었다.

박프로는 다음 날 점심때가 지나서야 눈을 떴다.

머리가 띵하고 정신이 맑지 않았지만 서둘러 장필을 찾아갔다.

"야. 장필! 너 미소가 미군하고 사귀는 거 알고 있었지?"

"선애한데 흘러가는 말로 한 번 들었는데 크게 신경 안 썼지. 너도 알다시피 미군부대 안에서 누구와 사귀고 어떻게 지내는지 잘 모르잖아!"

"그건 그렇지."

"야! 신경 쓰이면 둘이 한 번 만나봐!"

"알았어! 근데 장필, 네가 미국으로 간다는 얘긴 뭐야?"

"아버지가 얼마 전에 얘기하셨어. 우리도 미국 가서 사는 건 어떻겠냐고."

"미국 가서 뭐 하신대?"

"뉴욕으로 가서 옷 가게를 하실 계획을 하고 계셔."

"옷 가게?"

"응! 나도 중학교 졸업하고 이 바닥 생활이 내년이면 10년인데 미국에 가서 살아 보고 싶기도 하고 다른 일도 해 보고 싶어서 반대는 안 하고 있어."

"그럼 나는 어쩌냐?!"

"너야 성실하게 잘 지내고 있잖아! DJ로 인정도 받고. 그 분야로 계속 나가면 너도 성공할 거야! 너 색소폰도 좀 불고 기타도 잘 치잖아!"

"야! 그건 취미로 하는 거고 밥벌이가 되냐?!"

"아냐. 너는 성공할 거야!"

며칠 후 박프로는 캠프 케이시로 가서 정미소 면회 신청을 했다. 정문 옆 면회소로 정미소가 나타났다.

"박프로, 네가 웬일이냐?!"

"얘기 좀 하고 싶어서."

"할 말 있으면 해."

"너 미군하고 결혼할 맘 있다는 거 사실이냐?!"

"응 사실 대니가 아버지 몇 번 만났어."

"내가 너 좋아하는 거 알지?!"

미소의 얼굴이 진지한 표정으로 바뀌었다.

"사장아! 네 마음 알고 고마운데 우리는 안된다. 나는 지금껏 아버지 뜻을 거역한 적 없고 아버지 뜻을 따라서 잘못된 적이 없어.

아버지가 미군부대 군무원으로 일하셔서 그런지 미군에 대한 거부 감도 없으시고 대니에 대해서도 인정하고 계셔.

사장아! 미안하다! 너는 성실하고 재주도 많으니까 좋은 여자 생 길 거야. 사실 나도 동두천을 벗어나 미국에 가서 살아보고 싶다.”

“결혼하면 미국 어디로 가는데?”

“대니 집이 인디애나주에서 옥수수 농장을 하고 있으니 그곳에 서 살기 쉬워!”

“마음 바꿀 생각은 없고?!”

“없어! 사실 마음 굳혔어!”

사장은 걸었다.

캠프 케이시 정문에서 턱거리 클럽까지 오는 길이 참 멀기도 멀 었다.

클럽으로 오자마자 박사장은 대낮부터 마초를 불러 마초를 피 웠다.

DJ는 말 그대로 비몽사몽간에 봤다.

잊고 싶었다.

아니 잊어야만 하는 일인 것이다.

그런데 어디 잊기가 어디 쉬운가?!

마초麻草

이곳에서는 대마초大麻草를 그냥 '마초'라 했다.

대마초를 분말 또는 담배 형태로 만든 것을 '마리화나', '해피스모크'라고도 하지만 그냥 대마초라는 뜻으로 사용하기도 한다.

마초에는 향정신성 효과가 큰 물질과 타르가 많이 들어 있어 피우면 기분이 좋아지기도 하지만 담배보다 환각작용과 중독성이 강해 이를 마약의 일종으로 분류해 세계적으로 일반적인 사용을 금지시켰는데 근래에 미국의 여러 주와 캐나다, 우루과이 등에서 이의 재배와 소지, 사용을 합법화 시켰다. 기호품으로 보는 것이다.

한국은 1976년 4월 대마초의 재배, 소지, 운반, 사용을 금지시키는 '대마관리법'을 제정하여 운영하다 2000년 1월 마약법, 향정신성 의약품관리법, 대마관리법을 통합하여 '마약류 관리에 관한 법률'을 제정하여 대마초 단속 근거로 현재까지 운용하고 있다.

한국은 1975년 12월 2일 이전에는 대마초에 대한 단속을 철저히 하지 않았다. 1975년 12월 3일 소위 말하는 '대마초 파동'때부터 예고도 없이 대마초 단속이 시작되었고 이듬해에 대마관리법이 제정된 것이다. 대마관리법이 생기기 전에는 1957년에 제정된 '마약법'을 근거로 아편opium 양귀비의 즙액을 건조시켜 굳힌 물질, 코카인, 모르핀 등을 주로 단속했는데 마약법에 대마초가 명시되어 있지 않아 당시 의약품관리법의 대마초 흡연규제조항을 근거로 대마초 단속을 했다 한다.

당시 대마초 파동은 박정희의 유신체제에 반대하는 연예인들의 활동을 묶어두기 위한 수단이었다는 것이 통설이다.

대마초 파동으로 많은 숫자의 쟁쟁한 뮤지션과 연예인들이 구속되거나 입건되어 방송 출연이 정지되고 활동이 중지되기도 했다.

대마초는 마약류와는 그 성격이 다르기 때문에 마약에 포함시키는 것은 맞지 않고 대마초 흡연자를 마약사범과 동일 시 하는 것은 문제가 있다고 현재까지 끊임없는 논란이 되고 있다. 한국에서는 대마 추출물을 의료용으로 사용하는 것까지 '마약류 관리에 관한 법률'에서 규제를 하고 있어 이의 개정안이 제출되기도 했다.

미군들, 기지촌 종사자들, 연예인들이 왜 마초를 찾았을까?!
골치 아픈 일들을 잊거나 새로운 영감靈感을 찾아 정체된 현재를 돌파하는데 가장 적합한 기호품嗜好品이었기 때문일 것이다. 술보다 마초의 해害가 덜한 면도 있다.

박사장은 이렇게 마초에 빠지기 시작했다.

마초의 단속이 강화된 1976년 이후 마초는 더 귀한 몸이 되었고 마초 구하기가 힘들어지자 마초 공급책이 미군들에게 더 대접받고 그만큼 수입이 짭짤해졌다.

마초의 공급책인 병태는 이때 돈을 좀 벌었다. 병태는 보조 공급책을 몇 명 두고 있었고 미군과의 흥정은 주로 클럽에서 마초가 하고 물물교환은 거리 으슥한 곳에서 이루어졌다.

마초 거래는 보통 편지봉투에 담아 이루어졌고 봉투 단위로 적정가격이 형성되어 있었다.

이런 거래에서 가끔 사고가 나기도 한다.

보조 공급책들이 병태 몰래 거리에서 적정가격보다 좀 싸게 공급하는 직거래를 하여 돈을 챙기기도 하는데 양복 상자현지 용어로 텔러 박스 단위의 대량거래가 가끔 이루어졌고 여기서 문제가 불거지기도 했다. 이런 대량거래가 이루어지는 것은 중간에서 마진을 붙여 동료에게 파는 미군들이 있었기 때문이다.

수요자들은 좀 더 질 좋은 마초를 원했고 공급자들은 마초를 구하기 위해 강원도나 경상도의 산속으로 원정 가서 구해 오는 일이 잦았다. 이렇게 신뢰를 쌓은 뒤 양복 상자에 가짜를 담아 넘기고 거액을 챙겨 튀는 공급책이 나온다.

가짜라는 것을 알게 된 미군은 헌병대에 신고하지도 못하고 병태를 찾아와 범인을 찾아내라고 난리였다. 공범이라고 협박까지 하면서 몰아붙였다. 사실 병태는 마초 소지와 사용이 발각되어 빵에도 여러 번 들락거려 별을 달고 있지만 이런 사기를 치진 않았다. 이 세계에도 신용이 있는 것이고 신용이 추락하면 장사는 끝인 것을 잘 알고 있기 때문이다.

박사장은 이런 마초와 자주 어울리며 마초를 가까이했다.

마초麻草를 가까이하면서 미군들과 미국의 음악과 연예인들의 세계를 좀 더 이해하게 된다.

박사장이 이렇게 세월을 보내는 동안 1982년 초에 통행금지가 해제되었고 그해 여름 턱거리에 또 현수막이 나붙었다.

『慶 권종칠 사법시험 합격 祝』

종칠이가 사법시험에 합격한 것이다.

박사장은 또 장필을 찾아갔다.
"장필! 종칠이 사시 합격했는데 축하자리 만들어야지."

"그래야지. 그런데 너 얼굴이 좀 핼쑥하다!"

"요즈음 바빠서 그래."

"뭐가 그렇게 바쁘냐?!"

"인생 공부!"

"이번 축하 자리는 간만에 사장파하고 미소파하고 같이 하자."

"마음대로 해!"

장필의 주선으로 추석을 앞둔 1982년 9월 25일 토요일 오후 서울 종로 2가 YMCA 옆 골목 주점에서 사장파선애, 필운, 심산, 사장와 미소파미소, 송암, 종칠 일곱 명이 자리를 같이 했다.

이렇게 같이 모인 것이 참 오랜만이었다.

"종칠아! 너 이제 판검사 되는 거지?!"

"아냐. 사법연수원 수료해야 되고 거기서 판사, 검사, 변호사 선택을 해야 돼. 판검사 못하고 변호사 할 수도 있는데 나는 아직 생각중이야."

"하여튼 우리 동두천 친구들 잊으면 안 된다!"

"당연하지."

"미소, 선애 참 오랜만이다."

"그러게."

"심산도 오랜만이고."

"반갑다!"

"필운, 사장, 미소, 선애 소식은 가끔 들어 뭐 하는지 알고 있는데 심산은 뭐 하니?"

"오도물산 다니는데 의류 수출회사야. 무역담당은 아니고 국내 현장 담당이지."

"그렇구나."

"송암이는 뭐 하냐?"

"빵 만드는 식품회사 취직했어! 매장 관리하는데 서울지역을 맡고 있어."

"야! 다들 잘 됐구나. 우리 사장파, 미소파 대단해!"

"우리 이 마음 변치 말고 나중에 더 안정되면 동두천에서 자주 보고 동두천을 위해서 좋은 일도 하자! 서울에 있는 친구들도 자주 내려올 수 있지?"

"우리 이제 시작인데 잘해 보자!"

뭐 주로 이런 얘기가 오간 후 미소가 입을 열었다.

"내가 얘기할게 있는데,

나 돌아오는 12월 25일 결혼하고 미국 인디애나 주로 가서 살기로 했다."

환호성과 박수, 놀램이 교차했다.

박사장은 슬그머니 일어나 밖으로 나와 마초를 깊이 들이마셨다. 마초가 꽁초가 될 무렵 미소가 나왔다.

둘은 옆의 콩 다방으로 들어갔다.

"결혼식은 어디서 하냐?"

"부대 안 교회에서 양쪽 가족만 참석하에 간단히 하기로 했고 결혼식 끝나면 바로 미국으로 가서 살기로 했어. 신혼여행은 미국 가는 걸로 대신하기로 했고."

"참 빨리도 진행됐구나!"

"그렇게 됐어."

"사장아! 미국 가서 자리 잡히면 한국 자주 올 거야. 우리 대니가 한국을 아주 좋아하거든. 그때 우리 대니하고 같이 보자."

"알았어! 잘 살아야 돼! 문제 생기면 연락하고! 이래 봬도 미국에 친구 좀 있다."

"고맙다! 잊지 않을게. 우리 지금처럼 평생 잘 지내자!"

이런 대화를 나누고 둘이 주점으로 들어갔는데

뭐가 좀 시끄러웠다.

장필운네 집이 내년에 미국으로 이민 가는데 필운이도 함께 가기로 했다는 얘기가 나와 한바탕 소동이 일었던 것이다.

이렇게 사장파와 미소파는 종로 YMCA 뒷골목에서 선언과 다짐과 정보교환을 하고 헤어졌다.

술값 밥값은 당시 돈을 가장 많이 벌고 있는 장필이 다 쐈다.
장필이 통은 좀 크다.

사장은 클럽으로 돌아와 마초를 더 피우고 그냥 잠들었다. 그날 DJ는 보조에게 맡기고 나갔었다.

사장은 이 날 이후 술과 마초가 부쩍 늘었고 클럽에서 자는 일이 잦았다.

11월 중순 어느 날 오전에 장필이 파파상으로 박사장을 찾아왔다.
주로 박사장이 장필을 찾아갔는데 요즈음 박사장이 두문불출하다시피하자 장필이 찾아온 것이다.
장필이 오늘은 술마시지 말고 맨정신으로 얘기하자고 했다.

"박프로 너 왜 이래?! 정신 차려야지!
젊은 나이에 건강 잃으면 끝이다!"

장필은 박사장의 요즈음 생활 모습을 전해 들어 알고 있었다.

"글쎄! 내가 이러면 안 되는데 그게 잘 안되네."
"사장아! 너 미국으로 갈 생각은 없냐?! 내가 미국 가서 자리 잡
으면 초청할게!"
박사장이 단호히 말했다.
"아냐! 나 미국 갈 생각 없어! 난 동두천에 살다 여기서 뼈를 묻을
거야!"
"뭐 특별한 이유라도 있냐?!"
"그냥!"
"너 그럼 생활 방식을 바꿔! 술과 마초에 묻혀 살면 내가 마음 놓
고 미국 갈 수 있겠냐?!"
"걱정하게 해서 미안하다. 나도 이러고 싶지 않은데 그게 마음대
로 안되네."
장필은 이해하고도 남았다.

"야! 사장아! 너 클럽 그만둬라!"

"그럼 뭐 내가 할 게 있어야지…"

"연말까지만 여기서 일하고 일단 그만둬! 클럽에서 계속 일하다가는 너 폐인 되겠다!

우리 클럽 정리 중인데 선애가 인수하기로 거의 결정됐어. 선애가 클럽을 한다는 게 아니고 우리 건물을 인수해서 클럽 일부를 점포로 꾸며 선애가 옷 가게 하고 나머지 클럽은 원하는 자에게 세놓을 계획으로 있어.

내년 초에 바로 시작할 예정이니 연말에 클럽 그만두고 선애 좀 도와주면서 새 일 찾아봐. 내가 선애한테 얘기 해 놓을게. 선애도 아버지가 계시지만 그런 일 혼자 하기 힘들다.

사장아! 우리도 성공해서 30~40년 후에 동두천을 위해 좋은 일 한 번 하고 죽어야지!"

친구란 참 좋은 것이다.

며칠 후 이번엔 선애가 찾아왔다.

"사장아! 장필한테 얘기 들었지?

내가 장필네 건물 인수해서 옷 가게도 내고 클럽을 세도 놓아야 하는데 혼자는 힘드니 네가 나와서 좀 도와줘. 내 일 도와주면서 지내다 보면 너도 새로운 일거리가 틀림없이 생길 거야.

내년 1월 초부터 일을 시작해야 하니 꼭 와야 된다!
내년 1월 1일 오후 1시 장필네 가게에서 만나자!"

이렇게 선애는 박사장에게 윽박지르다시피 얘기를 건네고는 대답도 듣지 않고 돌아갔다.

미소도 장필이도 미국으로 간다는 말에 갈피를 잡지 못하고 있던 박사장은 이런저런 생각이 깊어져 갔다.

●● 도미

　정미소는 1982년 12월 25일 오전 10시에 대니와 동두천 캠프 케이시 영내 교회 대예배당 옆에 붙은 작은 기도실에서 결혼식을 올렸다.

　그리고 1982년 12월 25일 오후 10시에 미국 인디애나주 인디애나폴리스 국제공항에 내려 처음으로 미국 땅을 밟았다.

　12월의 인디애나폴리스는 무척 추웠다.

　눈은 내리지 않았다.

　거기서 북동쪽으로 약 50km 떨어진 매디슨 카운티의 군청 소재지 앤더슨 부근까지 차로 이동하였다.

　대니의 집은 그곳 농장에 자리 잡고 있었다.

　이 매디슨 카운티는 소설 '매디슨 카운티의 다리'의 무대와 동명이지同名異地이다. 소설 '매디슨 카운티의 다리' 무대는 아이오와주에 있는 시골 마을이다.

인디애나주는 미국 동부 미시간호 남쪽에 붙어 있고 면적이 남한만 한데 위도가 한국과 비슷해서 그런지 사계절이 뚜렷하다. 팝의 황제라 불리는 마이클 잭슨의 고향 '게리Gary'가 북쪽 미시건호 연안에 있다. 현재2018 펜스 미국 부통령이 인디애나주에서 나고 자랐고 주지사를 지냈다. 평지가 대부분으로 농업이 발달하여 옥수수, 콩, 밀 등을 재배한다.

대니의 집에는 아버지와 큰형 부부, 조카 둘 이렇게 다섯이 살고 있었는데 이제 대니 부부가 들어와 일곱 식구가 되었다.
아버지의 농사를 도와주던 대니의 형은 1년 정도 후에 농사를 대니에게 물려주고 인디애나폴리스로 나갈 계획을 가지고 있었다.

영국계인 대니의 집안은 화목해 보였고 백발의 대니 아버지는 온화하고 자상했다.
인디애나주는 전통적으로 공화당이 강세인 지역인데 대니의 집안 역시 공화당 지지자들이었고 인디언계 가정부가 일을 하고 있어서 미소가 집안일에 크게 신경 쓸 일은 없었다.

'인디애나'는 '인디언의 땅'이란 뜻으로 미국이 독립하기 전까지 인디언이 많이 살았던 곳이다.

농사도 전부 기계화가 돼서 어려워 보이지 않았고 인부들 관리만 조금 신경 쓰는 정도였다.

대니와 미소는 형 부부로부터 일을 하나하나 인계받는 게 하루의 일과였다.

미국美國

USA

일본은 미국을 米國이라 한다.

일본이 자기들을 항복시킨 나라를 美國이라고 한다면 좀 이상할 것이다.

미국은 유럽에서 건너온 사람들이 중심이 된 다多민족, 다多인종 국가이다.

한국 사람들도 60년대 초부터 미국으로 많이 건너 갔다.

한국 사람은 미국에 대하여 가장 많이 알기도 하지만 미국에 대해 가장 모르기도 한다.

미국은 현재 세계의 패권국가로 근세에 많은 전쟁을 일으켰지만 과거 영국, 스페인, 프랑스, 이탈리아 등과는 달리 식민지를 많이 갖거나 가졌던 나라는 아니다.

그러나 미국을 제국주의美帝라고 하는 사람들은 많다.

1983년 1월 1일 오후 1시

박사장은 장필네 가게의 문을 열고 들어갔다.

장필과 선애가 미리 와서 기다리고 있었다.

박사장이 장필과 선애에게 클럽 DJ를 그만두고 선애가 말한 시각에 장필네 클럽으로 가겠다고 말한 적도 약속한 적도 없으나 이들은 그 시각에 기다리고 있었고 박사장은 이곳으로 온 것이다.

이들 사이에는 어느덧 서로에 대한 믿음이 크게 자리잡고 있었던 것이다.

장필과 선애의 눈가에 이슬이 맺혔다.

친구를 하나 구했다는 안도감, 친구가 자기들 말을 들어 줬다는 고마움의 눈물이었다.

셋은 한동안 말없이 따뜻한 차를 마셨다.

장필이 말을 꺼냈다.

"사장아! 우리 집안이 5월 1일 미국으로 떠난다.

클럽 건물 전체를 선애가 인수하기로 계약했고 이쪽 30평은 따로 구획해 선애가 옷 가게를 할 거고 나머지는 현재대로 클럽으로 전세를 놓을 예정인데 전세가 나간 뒤 잔금을 받기로 했다.

선애가 오피스에서 일하면서 아는 것도 경험도 많지만 혼자서는 이 일을 하기 힘들다. 내가 거들기는 하겠지만 미국 갈 준비를 하느라 바쁘니 네가 좀 도와줘라.

수고비는 선애가 알아서 줄 거야.

선애 알부자다!

참! 그리고 선애 옷 가게 상호는 '장필'로 했으니 간판 등 만들 때 참고해라."

이렇게 해서 박사장은 1월 1일 자로 선애 가게 꾸미는 일과 클럽 구조변경 및 내부수리 책임자가 되었다.

박사장이 하겠다는 말을 하지도 않았는데 자기들끼리 그렇게 정해 놓았고 박사장이 대답도 하지 않았지만 그렇게 된 것이다.

"언제까지 끝내면 되는데!?"

"내가 5월 1일 출국하는데 그전에 클럽 세 놔서 잔금 받고 해야 되니까 3월 말까지는 끝내야 한다. 물론 그전에 미리 세를 내놓을 거고."

박사장은 이날부터 마초를 손에 대지 않았다.

선애가 내민 설계도를 받아 박사장은 집으로 갔다.
잘 모르지만 도면을 꼼꼼하게 들여다 봤다.

다음 날 박사장은 선애를 찾아갔다.

"선애야! 우선 1주일 시간을 줘라.
그 후에 일을 시작하자.
그런데 옷 가게 이름이 왜 하필 '장필'이냐?!"

"응 그거 내가 지은 건데 장필한테 허락받았어.
이 바닥에 장필이 많이 알려졌고 인심도 안 잃었잖아.
클럽에서 장필 찾는 사람이 많은데 미국 가면 없게 되잖아.
그래서 이름이라도 여기에 남겨 두려고. 게다가 장필네도 미국 가서 옷 가게를 한다니 연결도 될 것 같고.
장필한테 미국 옷 가게 이름도 '장필'로 하라고 했다.

'장필!' 이름 괜찮지 않냐?!

그러니 간판 만들 때 한글 영문 두 개다 꼭 들어가야 된다."

"느 둘이 결혼 약속했냐?!"

"절대 그런 건 아냐!

나는 혼자 살기로 했어!

장필 재 재주도 많고 잘 나가는데 미국 가면 여자 안 생기겠냐?

내 감으로는 저놈 아마 2년 내에 미국에서 결혼할 거다!"

박사장은 일주일 동안

동두천 양키시장, 보산동 클럽 거리, 서울 이태원, 명동을 둘러보고 을지로, 청계천 등을 돌아다니며 건축에 대한 견문을 넓혔다.

그런 뒤 선애와 도면을 놓고 자기 생각을 말하고 선애의 의견을 듣고 난 후 부분적인 사항들을 결정해 나갔다.

이 바닥에서 보통 가게를 새로 만들거나 수리를 할 때 업자에게 맡기고 업자가 한 대로 잘 됐노라고 수고했다고 그냥 쓰는 게 관례였는데 박사장은 전혀 다른 방식으로 일을 시작 한 것이다.

부분별로 업자를 불러서 일을 시켰고 동두천에 마땅한 업자가 없으면 의정부, 서울까지 나가서 사람을 데려다 일을 시켰다.

박사장이 워낙 열심히 일에 집중을 한 탓에 2월 말에 공사가 끝났다.

동두천 바닥에서 제일 멋진 옷 가게와 클럽이 탄생했다.

클럽도 세가 금방 나갔다.

하루는 선애가 박사장을 불렀다.

"이거 수고비야!"

하면서 두툼한 봉투를 건넸다.

"야! 내가 너한테 무슨 돈을 받나! 됐어!"

"사장아! 우리는 이제 사업을 시작하는 거야!

사업!

이제 월급쟁이가 아냐!

사업엔 공짜가 없어!

이거 받아!

사장이 너도 사업해서 사장돼야지!"

봉투에는 꽤 많은 돈이 들어 있었다.

이렇게 선애는 옷 가게를 시작했고 장필은 미국으로 건너 갈 준비를 마쳤다.

4월 하순

박사장과 장필은 둘이서 이별주를 마셨다.

"필운아!

그동안 고마웠다!"

"이 친구야! 고맙긴 내가 더 고맙지!

사실 내가 말을 안 해서 그렇지 힘들 때도 많았는데 네가 옆에 있어서 큰 힘이 됐었다.

내가 미국가서 자리 잡으면 부를 테니 놀러 와!

미국 와서 살라는 말은 아냐!

내가 네 마음 모르냐?!"

"고맙다!

우리 변하지 말고 죽을 때까지 이렇게 살자!"

"그런데 너 동두천에서 뭐 할 거냐?"

"좀 쉬면서 생각해 볼게.

선애가 나한테도 사업을 하라고 하는데 내가 무슨 사업을 하겠냐?!"

"짜식! 너 내가 보니까 뭘 해도 잘할 거야! 조급하게 생각하지 말고 천천히 느긋하게 알아봐!"

"알았다!

너 땜에 클럽에서 일을 시작했고 DJ도 봤는데 네 말 들을게!"

"야! 사장아!

이제 클럽은 끝났어!

좀 있으면 DJ도 한 물 간다!

그래서 니가 클럽 관둔 게 아주 잘한 거야!

두고 봐!"

둘은 옛일을 생각하며 눈물깨나 흘렸다.

"필운아!

근데 넌 정도 많은 놈이 어떻게 선애 놔두고 그렇게 냉정하게 가냐?"

"사장아!

여자는 데리고 살 여자가 있고 그렇지 못할 여자가 있어!

데리고 사는 거보다 평생 친구가 훨씬 더 행복하게 해 줄 수 있
는 거야!

그러니까 우리 가게도 선애한테 넘겼고 선애 가게 이름도 '장필'
로 짓는다고 하길래 그러라고 했지.

그러면 되는 거 아냐?!

너 내가 선애하고 한 번이라도 싸우는 거 봤냐?!

결혼하면 그날부터 싸우는 거야!

너도 미소한테 그런 마음 아냐?!"
"너도 선애 참 많이 좋아하는 구나!"

필운이는 대단한 놈이었다.
장사 수단도 좋지만 세상을 보는 눈이 좀 남달랐다.
그가 한 말은 대부분 들어맞았다.

장필운도 이렇게 미국으로 갔다.

미국을 제국주의 어쩌고 하지만 당시 평범한 사람들에겐 꿈과
희망의 나라였다.
기회가 오지 않아서 그렇지 기회만 오면 미국으로 가는 게 꿈이
었다.

물론 미국에 갔다고 다 행복하고 성공하는 것은 아니었다.
가장 불행한 일은
기지촌에서 몸을 팔다 달콤한 말에 넘어가거나 의도적으로 접
근해 미군과 결혼해서 미국으로 건너간 여성들이 버림받는 일이
었다.
서양남성들은 한국 여성들의 상냥함과 순종 그리고 섬세한 일머

리, 충실한 가정 살림살이에 반해서 한국 여성들을 선호한다. 그러나 결혼은 이러한 환상을 깨는 경우가 많다.

오래가지 않아 멸시와 구박이 따르고 버려진다.

낯선 미국 땅에서 버려진 여성들은 설자리가 별로 없다.

주홍글씨가 새겨진 것도 아닌데 자격지심에 이들은 교민과도 잘 어울리지 못하고 쓸쓸하게 생을 마감하는 경우가 많다.

●● 장필패션

어느 날 선애가 박사장을 급히 찾아 선애의 옷 가게 '장필'로 갔다.

선애의 30평 크기 옷가게는 반은 여성복, 반은 남성복 매장이었다. 남성복 코너는 좀 썰렁했다.

당시 동두천 남성복 가게는 무슨 무슨 테일러란 상호를 단 맞춤 양복점이 대세였다.

게다가 여성복과 남성복을 같이 취급하는 집은 한 군데도 없었다.

"무슨 일로?"

"야! 옷 가게 일도 바쁜데 너 땜에 아주 귀찮아 죽겠다!"

"뭐 내가 잘못한 거 있냐?!"

"그게 아니고 우리 가게 꾸민 거 보고 이거 어떤 업체가 했냐고

물으러 오는 사람이 옷 사러 오는 사람보다 더 많다.

근데 니가 일을 맡아 이 사람 저 사람 불러 일을 시켰으니 내가 그걸 어떻게 아냐?

너 여기 남성복 코너 저쪽 구석에 자리 하나 만들어 줄 테니 그런 사람들 찾아오면 니가 맡아서 일을 해라."

"엉? 내가 여기서!?"

"뭐 어때?! 나 바쁠 때 좀 도와주고!"

이렇게 해서

박사장은 선애의 옷 가게 구석에 쭈그리고 앉는 신세가 되었다.

그런데 며칠 있어보니 선애의 말대로 가게 공사에 대해 묻는 사람이 한 둘이 아니었다.

동두천 사람 뿐이 아니고 의정부 등 타지에서 온 사람도 꽤 됐다.

묻는 사람들의 주소, 업종, 규모 등을 적어 놓고 언제 현장으로 방문할 테니 협의 후 일을 시작하자고 말한 뒤 일단 돌려보냈다.

현장에 가 보니 선애네 가게 일을 했던 것과 같은 방식으로 일을 하면 될 것 같아 일을 맡기로 했다.

"선애야! 나 건축일 한 건 맡아 시작하기로 했다!"

"야! 잘 됐다! 근데 첫 일 위치는 어디야? 업종은 뭐고?"

"응! 송내동 쪽 식당이야."

"잘 됐네. 옷 가게는 우리 가게 하고 똑같이 해주면 안 돼! 우리가 타격받아! 우리보다 조금 못하게 해줘야 돼!"

"알았어!"

이게 사업하는 사람들의 마음인 것이다.

두 달이 채 지나지 않아 선애가 제안을 했다.

"사장아!

너 사무실 따로 내서 이 일 본격적으로 해봐!"

이렇게 해서 박사장은 선애네 가게에서 멀지 않은 곳에 그동안 모아 두었던 돈으로 사무실을 내고 건축 일에 본격적으로 뛰어들었다.

상호는 "송우松友건축"이라 지었다.

소나무처럼 오래가고 친구같이 친근한 건축을 해 주겠노라고.

뉴욕의 5월 날씨는 꽤 쌀쌀했다.

장필운은 동두천에서 클럽을 운영할 때 맺은 아버지의 인맥과 장필운 특유의 사람을 끌어 당기는 능력으로 사귄 사람 들 덕분에, 그리고 클럽을 처분해 가지고 간 넉넉한 자금을 바탕으로 뉴욕 한인타운이 자리 잡은 퀸즈구 플러싱의 위치가 나쁘지 않은 곳에 쉽게 가게를 마련해 양복점을 시작했다.

필운의 아버지는 뒤로 물러나고 처음부터 옷 가게에 관한 일을 필운에게 일임했다.

선애와의 약속대로 상호는 '장필테일러'로 정했다.

장필은 우선 남성복만 취급하기로 했기 때문이다.

동두천에서 미군들이 어떤 옷을 선호하는지 눈여겨 보았던 것을 바탕으로 미국으로 올 때 전시용 양복과 계급장 등 군장軍裝, 관련 자료 등을 이삿짐에 넣어 가지고 들어 온 터였다.

장필은 사전에 사업 할 준비를 꽤 꼼꼼하게 했다.

미국에 건너와서 몇 달을 놀며 할 일을 찾는 게 보통인데 장필은 미리 무슨 일을 할 것인지를 치밀하게 준비해서 미국으로 온 것이다.

양복은 동두천에서 맞춰 입는 것이 뉴욕에서 맞춰 입는 것보다 훨씬 저렴했다.

원단가격은 뉴욕이 조금 쌌으나 가공 인건비는 뉴욕이 훨씬 비쌌기 때문이다. 장필은 유능한 양복 기술자를 구하는 것이 급선무였다. 당시 한국 양복점에서는 한 사람이 재단, 가봉, 바느질까지 처리하는 게 보통이어서 양복 한 벌 맞추려면 시간이 꽤 걸렸다.

뉴욕에서는 이런 기술자를 구하기도 힘들 뿐만 아니라 구한다 해도 인건비가 많이 비쌌다. 장필은 궁리 끝에 재단과 바느질 기술자를 따로 두기로 하고 사람 구하기에 나섰다.

다행히 교민 중에 나이가 지긋하며 영어도 좀 되는 재단사와 다리에 약간 장애가 있는 중년의 여성 바느질 기술자를 구했다.

한국에서 가지고 온 양복 샘플을 쇼윈도우에 걸어 놓고 영업을 시작했다.

미국인들 중에는 의외로 양복을 선호하는 계층이 많이 있었고 군생활을 한 경험이 있는 중년 이상의 사내들은 군 시절에 대한 향수鄕愁때문인지 군복을 소장하고 가끔씩 꺼내 입기도 해서 동두천에서 귀국하는 미군들은 군복 정복을 맞춰가는 일이 많았다.

장필은 이런 수요를 염두에 두고 뉴욕에서 양복점을 시작한 것이다.

예상대로 처음 장필테일러를 찾은 손님은 중년 남자인데 옛 군

시절 찍은 사진을 가져와 군복을 맞춰 달라는 것이었다. 근무지를 물어보니 한국 용산이었고 거기서 양복을 맞춰 입은 적이 있다고 했다.

사실 제복이 좋아서 군대에 지원하는 사람들도 꽤 있다. 특히 미군은 제복이 다양하다. 전투복battle dress 뿐만 아니라 블루, 그린이라 불리는 정복 등 유니폼이 다양하다. 파티나 리셉션 때 입는 메스라는 정장도 있다. 그리고 이런 유니폼에 계급장, 서비스 스트라이프service stripe 수장 袖章 제복의 소매에 금줄 등으로 표시하는 장식를 폼 나게 달았다.

첫 손님이 치수를 재고 돌아 간 후 장필은 직원들을 불러 양복을 가급적 빨리 제작하되 꼼꼼하게 신경을 써서 만들어 줄 것을 당부했다.
사진 속의 군복이 생각보다 빨리 완성되었고 연락받은 손님이 와서 군복을 입고는 외쳤다.
"오! 최고입니다!
이렇게 훌륭한 옷을 이렇게 빨리!"

그리고 그는 흥분하여 맞춘 군복을 입은 채로 돌아갔다.

이런 입소문이 나서 손님이 늘어가기 시작했고 군복 뿐만 아니라 일반 양복을 주문하는 손님도 많아졌다.

그러던 어느 날 장필이 재단사와 얘기를 나누고 있는데 흑인 한 명이 가게 안으로 들어오더니 장필 앞으로 와서 드문드문 한국말을 섞어서 말을 걸었다.

"아저씨! 혹시 장필 아냐?!"
"예. 맞는데요."
"나 몰라요?!"
"모르겠는데요."
"아! 동두천 클럽에서 우리 봤잖아요!"

동두천 클럽에서 일하면서 스친 사람이 한 둘이 아니라 특별한 관계가 아니면 잘 알기 힘들다. 특히 흑인들은 생김새가 비슷 비슷해서 구별이 힘들 때가 있다. 그래서 더듬거리고 있었더니,
"그럼 말녀도 몰라요?!"
"예?! 말녀는 압니다. 그런데 어떻게?!"
"말녀 잘 있어요?! 내가 돈 벌면 말녀 찾으러 갈려구요."
아! 이런! 큰일 났네!

말녀가 세상에 없는데 이 놈이 바로 말녀가 기다리던 그자였구나…

"이름이 뭐죠?"
"한국에서 톰이라고 했어요."
한국에서는 너나 재나 흑인은 톰이라고 부른 경우가 많았다.

"본명이 뭐요?"
"잭슨."

장필은 잭슨을 자리에 앉게 한 후 자초지종을 설명하고 말녀의 죽음을 알렸다.
잭슨은 이성을 잃고 한 시간 정도 운 뒤에 다시 오겠노라 하고 돌아갔다.

의도는 가지고 있었지만 의외로 '장필'이란 상호를 보고 찾아오는 이들이 꽤 많았다. 그만큼 뉴욕에 동두천을 거쳐 간 미군 출신들이 꽤 많았고 뉴욕 한인사회에도 동두천 출신이 많았다.

얼마 후 잭슨이 다시 찾아왔다.

"지금 뭐하고 살아요?!" 장필이 물었다.

"특별한 직업 없이 이것저것 하며 살아요."

"돈은 좀 벌었어요?"

"아니요. 돈 없어요."

이런 젠장! 그래가지고 무슨 말녀를 찾겠다고 했냐…

"그래서 한국 말녀한테 못 갔어요!"

"잭슨! 여기서 일해볼래요?"

"무슨 일?!"

"시키는 심부름만 하면 돼요."

이렇게 해서 잭슨은 장필 테일러 직원이 됐다.

하는 일은 물건 옮기거나 배달 등 잔심부름 이었다.

잭슨은 거짓이 없고 부지런하며 성실한 젊은이였는 데 일자리를
구하지 못해 여기까지 온 거였다.

이렇게 장필의 사업은 자리를 잡아가기 시작했다.

장필은 동두천 옷 가게 '장필'의 선애에게 팩시밀리를 한 장 보냈다.

선애!
일은 잘 되고 있지?!
나는 이곳에서 자리 잘 잡아가고 있어.
현재 남자 군복하고 정장을 맞춰주는 양복점을 하고 있는데
선애 너도 동두천에서
내가 시키는 대로 한 번 해봐!
너는 능력 있으니까 잘할 거야!
…

장필은 선애에게 양복 제작을 뉴욕 장필테일러 방식처럼 해 볼 것을 제안했다.

선애는 옷 가게의 운영방식을 장필의 말대로 따랐고 상호도 '장필패션'으로 바꿨다.

가게의 반은 여성 기성복을 취급하고 가게의 반은 남성 맞춤복을 했는데 동두천에 여러 곳 있는 일반 맞춤양복점의 형태가 아닌 반 맞춤식 양복점으로 새롭게 운영을 시작했다.

일단 뉴욕의 장필테일러처럼 재단과 바느질을 분리해 분업화해서 양복을 제작했고 선호하는 색상별로 사람들이 많이 찾는 사이

즈의 원단을 미리 준비해 뒀다 옷을 맞추러 오면 아주 신속하게 제작을 하되 전보다 더 꼼꼼하게 바느질을 해서 제작 기간은 반으로 단축하고 품질은 두 배가 더 좋은 양복을 손님들이 입게 한 것이다.

전략은 대성공으로 미군, 한국인 손님이 넘쳐나서 여성 옷 가게를 분리했고 남성 양복점은 다른 곳에 분점을 하나 더 냈다.

분점의 인테리어 공사는 두 말할 필요 없이 박사장의 송우 건축이 맡았다.

장필은 미국으로 건너 간지 1년 만에 잭슨의 비행기표까지 끊어 잭슨과 함께 한국으로 잠시 건너왔다.

뉴욕 장필테일러에 필요한 양복 부자재, 군장 등 모자란 것을 더 사고 잭슨의 원을 풀어 주기 위해서였다.

동두천 송우건축 사무실에서 박사장, 선애, 잭슨, 장필이 만났다.

"야! 장필! 미국에 간지 1년 만에 오는 경우는 드문데 사업 잘 되냐?!"

"가기 전에 준비를 좀 해서 그런지 생각보다 잘 된다."

"돈 많이 벌어라!"

"그래야지. 여기도 잘 된다고 들었다."
"선애 사업 솜씨가 보통이 아니야!"
"다 장필 덕분이지. 저 양반이 잭슨?!"

잭슨이 공손히 일어서며
"예. 제가 잭슨입니다."
"한국엔 왜?!"

장필이 나섰다.
"잭슨이 아주 의리가 있다. 말녀 무덤 둘러 보고 비석 세워준다고 왔어!"
"비석?"
"자기가 한국에 오지 못해서 말녀가 죽었다고 비석이라도 세워준다고. 비문도 써 왔어. 비석은 사장이 좀 만들어 줘! 너무 크게 하지 말고."
잭슨이 한글로 된 비문을 박사장에게 전했다.

말녀!
영원히 당신을 잊지 않을게.
사랑합니다.
잭슨

한동안 침묵이 흘렀다.

비석이 만들어진 후 이들 넷은 말녀의 무덤을 찾아 비석을 세운 뒤 잭슨이 막걸리를 붓고 큰 절을 올렸다.

지금도 턱거리 양지바른 산기슭 말녀의 무덤 앞에 이 비석이 서 있고 묘지 관리는 턱거리 사람들이 매년 해 오고 있다.

장필은 선애에게 지금 하고 있는 양복점이 일이 잘 될 것이 틀림없으니 이 방식의 대리점을 의정부와 서울 등 대도시에도 내고 의류회사에 다니는 심산도 만나 조언을 들어 사업을 잘 키워 나갈 것을 당부했다.

박사장에게는 선애가 대리점 낼 때 위치 선정, 계약 등을 도와줄 것과 인테리어 등 점포 꾸미는 일을 전적으로 맡아서 해 줄 것을 조언하고 건축사무실의 상호를 송우아키텍처Song Woo Architecture 로 바꾸는 것이 좋겠다는 조언도 했다.

장필은 양주군 일대에 산재散在 해 있는 의류공장들을 둘러보았다. 대부분이 자기 상표가 아닌 주문자 생산방식OEM에 의한 제품을 생산하고 있었다.

이렇게 장필은 한국에 잠깐 들어와서 여러 가지 일을 본 후 뉴욕행 비행기에 몸을 실었는데 의류사업에 대한 새로운 아이디어가 여러 가지 떠올랐다.

그 해 가을 종칠이 공기업에 다니고 있는 고등학교 친구 명돈담을 찾았다.

"돈담아! 나 방위 간다"

"방위?"

"사시 합격했으면 법무관으로 가는 거 아냐?"

"여러 길이 있어. 나는 현재 사법연수 중인데 연수 잠시 중단하고 방위로 병역의무 빨리 마치려고."

"하기야 병역의무를 빨리 마치는 게 좋지.

우리 아버지는 병역기피자가 되셔 가지고 공직에도 못 나가고 하실 일이 마땅하지 않아 고생 고생 우리를 가르치셨다."

"병역기피?"

"우리 아버지가 1930년생이신데 운명이 좀 기구하셨다.

일제강점기에 태평양전쟁을 일으킨 일본은 한국인을 징용해 곳곳에 투입했잖아. 아버지가 14세 되던 1944년에 회유와 협박으로 일본으로 끌려갈 뻔했는데 도망쳐 위기를 벗어났고

1950년에는 인민군이 마을에 들어와 저녁 때 마을 공회당에 젊

은이 들을 모아 놓고 의용군으로 나갈 것을 종용했는데 바람이 불어 촛불이 꺼진 틈을 타서 도망치셨단다.

그 후는 또 국군이 들어와 대학에 재학중이던 아버지에게 학도의용군에 나갈 것을 요구했고.

이렇게 일본군, 조민국의 인민군, 한국군에게 전쟁터로 나갈 것을 번갈아 강요받다 보니 군대에 대한 혼란을 느껴 전쟁이 멈 춘 후 징집영장이 나와도 이에 응하지 않으셨다는 거야.

그래도 별문제 없이 고시공부를 하고 계셨는데 5.16이 난 거야. 5.16 군사정권은 병역기피자들에 대해서는 공직시험에 응시할 자격조차 주지 않았거든. 그래서 고시공부도 포기하고 공무원도 못하고 개인회사에 취직해서 다니시다가 개인회사가 망하는 바람에 실업자가 되어 현재까지 이 일 저 일로 어렵게 생계를 이어가고 있어. 큰아버지는 공무원 생활을 하시다 자리에서 쫓겨나 술로 하루하루를 보내고 계시지. 이렇게 가세가 기울다 보니 내가 상고에 와서 친구를 만나게 된 거고."

돈담의 말이 좀 길었다.

종칠이 말했다.

"5.16이 혁명인지 쿠데타인지는 모르겠는데 혁명이라고 치자.

혁명은 전복이고 전복이 되면 또 다른 피해자가 어떤 형태로든 생기기 마련이지. 돈담 집안은 5.16 때문에 피해를 본 집안이구먼"

종칠은 이 날 김주영의 장편소설 '객주'를 가지고 나왔다.

"사법연수원생이 웬 소설?"

"법률서적 말고 일반 책도 많이 읽고 있어. 방위하는 동안 저녁에 시간 나면 야학도 좀 해 보려고."

"엥?!"

종칠이 가져온 객주를 펼쳐보니 연필로 밑줄을 긋고 토를 달아가며 책을 읽고 있었다.

이렇게 사장, 선애, 장필은 사업을 시작했고 종칠은 사법연수를 받고 있었다.

•• 인디콘

미소는 인디애나주 앤더슨에서의 생활에 적응이 빨랐다.

대니의 집안은 생각보다 부농富農이었다.

주로 옥수수 농사를 지었는데 기계화되어 사람 손이 그렇게 많이 가지는 않았다. 미소에게 농촌 풍경은 그리 낯설지 않다. 더구나 동두천 미소의 집은 정미소를 했기 때문에 오히려 친근감이 느껴질 정도였다.

대니의 형은 인디애나 주도州都 인디애나폴리스로 분가해 나갔다. 식구는 이제 셋이 되었다.

대니는 앤더슨에서 차로 약 1시간 반 거리에 있는 퍼듀대학교의 항공학과를 나왔다. 그래서 미군 육군항공대에 입대해서 헬기 조종사가 될 수 있었던 것이다. 대니는 형이 분가하자 아버지와 의논하더니 4인승 헬리콥터를 한 대 구입했다. 농기구를 장착하면 농약살포나 파종 등을 할 수 있게 만들어진 기종이었다. 그만큼 농사의 능률은 향상되었다.

어느 날 대니는 미소에게 제안하였다.

"미소! 이제 이 곳에 어느 정도 적응이 되었을 테니 공부를 해보는 게 어때요?!"

"농촌에서 무슨 공부를?!"

"내가 나온 퍼듀대에 가서 경영학을 공부하면서 농업에 대해서도 공부를 조금 하면 좋을 것 같은데. 당신은 공부하면 아주 잘할 겁니다. 나보다 훨씬."

이렇게 해서 미소는 퍼듀대학교 경영대학에 입학했다.

통학은 주로 승용차로 했고 가끔 대니가 헬기로 태워다 주기도 했다.

미국에서의 공부는 그리 어렵지 않았다.

영어가 문제인데 동두천 캠프 케이시에서 근무했던 미소로는 문제 될 것이 없었다.

틈틈이 옥수수에 대한 공부도 병행했다.

옥수수!

한국에서도 옥수수를 많이 재배했고 어릴 적 국민학교에서 옥수수 죽을 먹었던 기억도 있다.

전 세계에서 옥수수를 가장 많이 생산하는 나라는 미국이고 옥수수 수출을 가장 많이 하는 나라도 미국이다.

옥수수를 가장 많이 수입하는 나라는 일본, 한국, 멕시코, 중국 이런 순서다.

한국이 그만큼 옥수수를 많이 소비하는 나라다.

한국의 농축수산물 수입 품목 1위가 옥수수, 2위 쇠고기, 3위 돼지고기, 4위 혼합조제식품, 5위 밀 이런 순서다.

다소 의외의 수치인 것이다.

우리가 옥수수를 이렇게 많이 먹지 않는데 어찌 된 일 일까?

옥수수는 사료와 식용 두 가지로 구분되어 소비된다.

미국에서는 사료로 많이 소비되는데 한국에서도 사료와 식용이 3 : 1 정도였다.

우리가 먹는 과자류 등에 옥수수가루가 이만 큼 많이 들어가는 것이다. 눈에 확연히 드러나지 않더라도 지금도 옥수수는 한국에서 보조 식량 역할을 톡톡히 하고 있고 앞으로도 변함이 없을 것이다.

옥수수는 쌀이나 밀보다 같은 면적에서 나오는 수확량이 훨씬 많고 재배가 쉬워서 식량부족 국가에서는 아주 고마운 곡식이다. 그런데 옥수수는 자라면서 흙의 영양분을 엄청나게 빨아먹기 때문에 지력地力이 빨리 소모되어 옥수수와 콩을 번갈아 심는 윤작輪作을 한다. 때문에 옥수수가 많이 생산되는 지역은 콩도 많이 생산된다.

미소는 이런 옥수수에 대한 기초지식을 쌓아 가면서 경영학과 농학을 같이 공부하며 일상을 보냈다. 가사는 새로 들어온 멕시코 출신 50대 가정부 아주머니가 잘하고 있었기에 미소는 큰 부담 없이 공부에 전념할 수 있었다.

미소가 미국 농부와 결혼을 했지만 일상에서의 부족함을 느끼지는 않았다.

방학이 되면 대니와 함께 미시간호 남단의 휴양지로 놀러도 가고 살고 있는 앤더슨이 주도州都인 인디애나폴리스와 가까워 문화 생활에도 큰 불편이 없었다.

한 번은 미시간호 주변에 자리 잡은 공업도시 게리Gary를 방문한 적이 있는데 그 곳에 있는 마이클 잭슨의 생가를 가 보기도 했다. 그의 노래 '스릴러'가 히트하고 있던 때였는데 마이클 잭슨의 생가는 초라했다. 들은 바에 의하면 우리 또래의 마이클 잭슨1958년생이 어릴 적 자란 환경은 동두천의 기지촌에서 자란 아이들과 별반 차이가 없었다.

인디애나폴리스는 의외로 자동차 경주로 유명한 도시여서 가끔 큰 볼거리가 생기기도 했다.

미소는 어느 덧 미국 생활 5년 차로 접어들고 있었고 대학 4학년이 되었을 때부터 옥수수에 대한 관심이 부쩍 늘기 시작했다.

미국에서 옥수수 수출은 곡물상, 중간 거래상을 거쳐 선박으로 수출되는데 한국에 들어오기까지는 보통 두 달 정도가 걸린다.

미국 농장에서는 옥수수의 씨를 뿌리는 일, 농약을 뿌리는 것, 수확 이 모든 것들을 사람의 손을 거치지 않고 기계로 한다.

사료용과 식용은 품종이 약간 다르다.

조사 해 보니 대니의 농장에서 파는 가격과 한국에서 소비되는 가격의 차이가 컸다. 곡물상과 중간상의 마진이 너무 큰 듯했다.

그럼에도 미국의 농부들은 대규모로 농사를 짓고 수요가 보장되어 있기 때문에 많은 돈을 벌고 있었다.

옥수수는 대부분 탈피와 탈립 과정을 거쳐 낱알로 수출되는데 이 과정 중 탈립 과정이 좀 거칠어 손실도 많고 상품성이 떨어지는 듯했다.

어느 날 미소가 대니에게 물었다.

"대니. 앞으로도 계속 옥수수 농장을 할 건가요?"

"당연하지. 평생의 업으로 할 건데."

"유통마진이 상당한 것 같은데 유통사업을 할 생각은 없어요?"

"나는 농사에 전념할 테니 미소가 졸업하고 유통사업을 하는 건 어때?"

"나는 애도 낳아야 하고 내가 할 수 있을까?"

"애는 아직 생기지도 않고 있고 미소는 아는 것도 많은 데다 경영학을 전공했으니 아주 잘할 거야. 내가 도와줄게"

이렇게 해서 미소는 졸업 후 옥수수 유통사업을 시작하기로 했다.

"대니. 내가 유통사업을 하면 도와준다고 했지요?"

"그럼. 무엇이든 말해."

"내가 기초자료가 필요한데 한국에 좀 다녀올게요. 한국에 가더라도 이 사람 저 사람 만나지 않고 사업에 필요한 사람 만나서 자료 구하고 조사할 것 좀 하고 바로 올게요."

"볼 일 있으면 다 보고 와요. 가족도 만나고."

"아니, 이번에는 일만 보고 올게요. 이왕 하는 일 꼭 성공해서 실망시키지 않을게요."

"유통사업은 미소 이름으로 해요. 내가 준비 해 놓을게."

"대니 이름으로 해야지. 무슨 말씀을…"

"내가 하라는 대로 해요. 꼭 성공해서 한국이 미국처럼 잘 살게 기여도 좀 하고."

대니는 참 사려 깊은 사람이었다. 미소의 조국인 한국이 잘 살게 되기를 바라는 배려까지 해 주고.

미소는 서울로 건너와 식품회사에 다니는 황송암을 만났다.

"너희 회사도 식품재료로 옥수수 많이 쓰나?"

"그럼 많이 쓰지. 주로 미국에서 수입 해 쓰는데 한국산보다는 품질이 많이 떨어지는 것 같더라. 같은 옥수수일 텐데."

"회사에서 옥수수 알갱이를 직접 사서 쓰나?"

"일부는 알갱이를 사서 쓰고 일부는 가루를 사서 쓰지."

"그럼 그 알갱이 하고 가루를 좀 구해 줄 수 있어?"

"구해 줄 수 있지"

"그리고 너 옥수수 껍질 벗긴 후 낱알 분리하는 탈립기 알지?"

"응. 알지."

"그 탈립기 파는 회사 어디 있는지 좀 알려 줘."

미소는 이렇게 황송암의 도움을 받아 한국 식품회사에서 사용하는 옥수수 낱알, 가루, 탈립기를 구해 미국으로 돌아와서 대니에게 사업계획을 구체적으로 설명하고 도움을 요청했다.

"대니!

우선 회사 이름은 인디콘INDICON으로 할게요."

"무슨 뜻?!"

"옥수수를 콘corn이라고도 하지만 인디언콘indian corn이라고도 하잖아요."

"그렇지."

"그걸 줄여서

또 인디애나에서 생산된 '인디애나 콘'의 뜻으로 '인디콘'이란 상표를 만들려고 하는데 대니 생각은 어때요?!"

"그거 아주 좋네. 역시 미소야!"

"그런데 부탁이 몇 가지 있어요."

"뭔데?"

"내가 만드는 회사에서는 사료용은 빼고 우선 식용 옥수수만 유통시킬게요.

그리고 옥수수 껍질을 벗기고 난 뒤 낱알을 만드는 기계를 내가 이번에 한국에서 가져온 소형 기계를 보고 대니가 그걸 응용해서 탈립기를 새로 만들어 줘요. 그리고 식용 옥수수는 꼭 새로 만든 탈립기를 이용해서 낱알을 만들어 주세요."

"이유는?"

"지금 우리는 사료와 식용을 같은 기계에서 탈립 하는데 아무래도 식용은 한국에서처럼 좀 더 섬세하게 탈립을 하면 낱알이 깨져서 발생하는 손실도 줄이고 낱알이 멍들지 않아서 맛을 더 잘 살릴 수 있을 것 같아서요. 내가 가져온 탈립기로 시험 삼아 소량을 탈립 해 보세요."

"멍?"

"아 그게 설명이 좀 복잡한데, 사과가 땅에 떨어지면 껍질이 깨지거나 깨지지 않더라도 땅에 닿은 부분이 충격을 받아 그 부분이 나중에 색깔이 달라지며 푸석푸석 해 지잖아요. 그 부분을 멍이 들었다고 하는 겁니다."

"아! 그러니까 한국 탈립기는 옥수수 낱알을 멍들지 않게 탈립할 수 있다. 이 말이죠?!"

"그렇습니다. 바로 먹는 것도 아니고 멍든 낱알을 4~6주간 배로 싣고 가서 식용으로 쓰는데 그 과정에서 아무래도 맛이 떨어 질 수 있다는 거죠. 한국에서 가져온 탈립기는 소형이라서 대량으로 탈립 하기는 어려울테니 한국 탈립기를 참고해서 크게 한 번 만들어 보시라는 겁니다. 당신은 항공학과 나와서 기계에 대해 아는 것도 많고 경험이 많으니 가능하겠죠?"

"OK!"

대니가 인디애나폴리스를 오가며 꼼꼼하게 작업을 한 끝에 새로운 탈립기가 일차 완성되었다.

시험 가동을 해 보니 이 새로운 탈립기를 거쳐 나온 옥수수 낱알은 때깔이 달랐다.

한국말로 '윤기가 자르르 흐르고 있었다.'

대니는 욕심이 생겨 미소가 시키지도 않았는데 몇 번의 테스트와 수정 끝에 탈립기를 최종 완성시켰다.

"대니!

수고 많았어요.

식용 옥수수는 꼭 이 새 탈립기로.

OK?"

"OK!"

대니가 이렇게 생산 한 식용 옥수수를 미소가 일부는 미국에서 일부는 한국으로 유통시켰다.

당연히 가격도 더 받고 주문도 많아졌다.

미소는 상황을 봐 가면서 유통마진도 적절히 조절을 했다.

시카고 선물거래소의 가격을 개인이 조절할 수는 없지만 틈새 유통은 얼마든지 가능한 일이었다.

가격을 더 받고 판매량이 는다?!

이를 요샛말로 '대박'이라고 한다.

대박이 난 것이다.

대니의 미소에 대한 신뢰는 더 커졌다.

대니는 약속대로 유통회사의 운영에 참견하지 않았고 이익의 일부를 달라고 하지도 않았다. 그럴 수도 없었고 그럴 이유도 없었다.

미소 덕분에 대니 농장의 수익도 훨씬 늘어났으니까.

미소는 이렇게 회사를 키워 나갔고

한국에도 별도 법인을 낼 계획을 세웠다.

미소가 이런 사업 감각이 있는 것은

미소 할아버지가 운영하던 정미소에서 어린 시절을 보냈기 때문이었다. 환경이 사람에 미치는 영향은 크다. 그 환경을 잘 이용하는 것도 능력이다.

그렇다고 이것이 다는 아니다.

눈썰미가 중요하다.

더 중요한 것은 눈썰미를 생활에 접목시킬 줄 아는 지혜다.

●● 질주와 그림자

이렇게 1980년대 초에 사장파인 장필운은 미국 뉴욕에서 윤선애는 한국에서 의류사업을, 박사장은 건축업을 시작했다. 차심산은 의류회사에 취업이 되었다. 미소파인 정미소는 미국 인디애나에서 옥수수 유통업을 시작했고 황송암은 식품회사에 취업을 했으며 권종칠은 사법연수를 시작했다. 아무파도 아닌 명돈담은 공기업에 취업이 되었다.

6.25 전쟁이 멈추었을 때 전 세계 하위권에서 벗어나지 못할 것 같았던 한국의 경제규모가 1980년 GDP 순위 28위로 치고 올라왔다.

이 무렵 사장파, 미소파와 마찬가지로 한국의 베이비부머들이 본격적으로 경제활동을 시작한 것이다.

10여 년 보에 갇힌 듯했던 한국의 정치상황은 봇물이 터지기 시작했고 사회는 좀 혼란스러워졌으나 화장실과 거리는 깨끗해져 갔다.

장필은 양복점이 자리 잡자 남녀 캐주얼 기성복에 관심을 뒀다. 한국에서 만드는 기성복을 배에 실어와 뉴욕에 팔면 노스페이스 이런 유명상표 제품보다 반값에 팔아도 이윤이 남을 것 같았다.

디자인이 문제였다.

기성품 디자인을 모방 해 뉴욕에서 팔면 바로 문제가 되기 때문이기도 했지만 장필의 성격에 맞지도 않았다.

그렇다고 유명 디자이너를 쓸 형편은 못되었고.

장필은 뉴욕 중심 패션거리를 기웃거리고 다니면서 눈의 수준을 높여 나갔다.

그러던 어느 날 패션모델 수준의 젊은 여성이 '장필테일러' 문을 열고 들어왔다.

"안녕하세요?"

"어서 오십시오. 무슨 일로?"

"이 사진에 있는 군복 만들어 주세요."

하면서 사진과 사이즈가 적힌 메모지를 내놓았다.

사진 속의 남자는 전투복을 입고 있었다.

"이 남자가 저의 아버지인데 한국전쟁에 참전하셨어요.

근데 이 군복이 가지고 싶다고 제게 부탁해서 가지고 왔어요."

"어? 이건 미군 군복이 아닌데? 어느 나라 군복이죠?"
"콜롬비아 육군 군복입니다.
제가 어릴 때 아버지가 미국으로 이민 오셔서 지금 제가 뉴욕에서 대학에 다니고 있습니다."

"사이즈는 누가 쟀어요?"
"내가 쟀어요."
"예? 실례지만 전공이 뭐예요?"
"패션디자인 공부하고 있어요."
"예?! 정말요?!"

뜻이 있는데 길이 있다고
장필과 콜롬비아 출신 앳된 미녀 초보 패션 디자이너와의 만남이 이렇게 시작되었다.
군복과 아웃도어 의류는 성격이 비슷하다.

장필은 콜롬비아 육군 군복을 멋지게 만들어 주고
그녀에게 접근을 시작했다.

콜롬비아는 미녀가 많아 미인대회에서 입상하는 경우가 많은데 이와 관련하여 패션 안목도 좀 높고 종사자들도 꽤 있었다.

"이름이 뭐죠?"

"모니카."

"부탁이 있는데…

내가 이 양복점과 병행해서 캐주얼 의류사업을 시작하려 하는데 디자인 좀 부탁해도 될까요?"

"아직 공부하는 중이라 실력이 별로인데."

"일단 아버지 체형으로 봄가을 점퍼, 바지, 셔츠 세 종류를 디자인해 와 봐요.

그러면 내가 옷을 한 번 만들어 볼 테니.

남의 거 모방하지 말고."

"나도 모방은 싫어요."

모니카가 디자인 한 대로 캐주얼 점퍼, 바지, 셔츠를 만들어 봤다.

색상도 좋고 독특한 디자인으로 장필이 보기에 흠잡을 데가 없었다.

"모니카!

나하고 일하지 않을래요?

보수는 넉넉히 줄 테니!"

장필은 이렇게 콜롬비아 출신 미인 초보 디자이너를 고용해서 캐주얼 의류에 뛰어들었다.

모니카가의 디자인을 선애에게 보내 한국에서 시제품을 열 벌씩 만들어 비행기로 보내라고 팩시밀리를 넣었다.

시제품을 쇼윈도우에 걸고 상호를 '장필패션'으로 바꿔 달았다.

옷이 금세 팔렸다.

주문을 받아 놓는 한편 선애에게 팩시밀리를 보내 사이즈별로 다량을 만들어 보내고 한국인 체형에 맞는 사이즈를 한국 매장에 서도 팔아보라고 권했다.

대성공이었다.

성공요소는 가격 경쟁력이 월등한데다 한국의 꼼꼼한 바느질 그리고 독특한 디자인 덕분이었다.

장필은 선애에게 특별한 제안을 했다.

2년 정도 지나면 한국에서 하계올림픽이 열리는데 이 전후로 캐주얼 복장이 유행할 것이다. 그러니 한국에서 매장을 늘려나가자. 자금이 많이 소요될 것이니 부족한 돈은 내가 보내겠다. 한국에서 처음 장필 패션을 시작할 때부터 계산해서 선애와 장필의 지분이 같게 되도록 금액을 보내겠다.

선애가 장필의 의견을 받아들였다.
한국 장필 패션은 선애와 장필의 1:1 동업 사업체가 된 것이다.
그리고 장필은 한국에서 사업이 확장됨에 따라 일손이 부족할 것으로 예상되므로 '잭슨'을 한국으로 보내 줄 테니 직원으로 쓰라는 제안을 했고 이 역시 선애가 수용해서 잭슨은 한국으로 건너와 선애를 도왔다. 잭슨은 한국말도 꽤 늘었고 심성이 착함을 선애도 잘 알고 있는 지라 거부감도 없었다.

장필의 예상은 이번에도 적중했다.
이것이 바로 사업가 기질이란 것이다.
상황판단과 보는 안목이 뛰어났다.

장필은 정식으로 '모니카'와 보수가 넉넉한 고용계약을 체결한다. 보수와는 상관없이 한국인은 '정'과 '의리'가 강한 민족인데 사업이 크게 성공하면 모른척하지 않을 것이란 구두약속도 했다.

그리고는 고용계약과 별도로 협약서 한 장을 또 내밀었다.

"모니카! 이 협약서는 사인을 해도 좋고 하지 않아도 좋아!"

모니카가 협약서를 읽어 보고 한 참을 생각하더니 사인을 했다.
장필은 속으로 조금 놀랐다.
꼭 사인을 받으려 한 것이 아니고 이런 마음을 가지고 있다는 것
을 알려 줄 의도가 더 강했는데 사인을 덜컹 한 것이다.

추가 협약서의 내용은 이러했다.

감정感情 이행 및 조절에 관한 협약서

장필패션 대표 장필운과 사원 모니카는 고용계약을 체결하고
함께 일을 시작하면서 다음과 같이 협약한다.

■ 우리는 미혼의 젊은 남녀로서 함께 일하다 이성異性으로
　좋은 감정이 생기면 숨기지 않고 서로 좋아하기로 한다.

■ 좋은 감정으로 서로의 승낙하에 성관계를 할 수도 있다.

■ 우리는 성관계를 빌미로 결혼을 요구하지 않는다.

■ 우리 둘 중 한 사람이 다른 사람과 결혼을 하더라도 시비
　를 걸지 않는다.

- 상황에 따라 합의하에 동거를 할 수도 있으며 동거에 소요되는 비용은 장필운이 부담한다.
- 동거에 소요되는 비용은 주거비, 생활비로 하되 각자의 의상비용과 각자의 외식비용은 포함하지 않는다.
- 단, 둘이 동반 여행을 할 경우 발생하는 항공료를 포함한 모든 비용은 장필운이 부담한다.
- 동거 중에는 다른 이성과 성관계를 맺지 않으며 이를 어길 시는 동거를 끝낸다.
- 회사의 업무는 이 협약과 관계없이 이성적理性的으로 냉정하고 공정하게 수행한다.

1987년 3월 1일

협약당사자   장필운   모니카

장필운과 모니카는 한글과 영문이 병기된 협약서 2부에 사인을 한 후 각 각 1부씩 나눠 가졌다.

아니 이런 일이 미국에서는 가능한가?!

한국에서도 가능할까?!

이런 협약이 과연 가능할까?!

에라! 모르겠다!

어찌 되었든 둘은 이렇게 협약을 체결했다.

사업은 생각보다 잘 되어 갔다.
둘 사이의 호흡도 잘 맞았고 능률도 최상이었다.

나이 서른한 살의 장필은 정말 대단한 놈이었다.
어릴 적부터 눈썰미가 있었다지만 보는 눈과 상황판단이 정말
남달랐고 실행력이 강했다.
과학분야의 일을 하거나 교수를 한다면 학력이 필요하겠지만 일
반사업은 학력이 중요하지 않다는 철학을 가지고 있는 젊은이다.
그의 최종학력은 중졸이다.
모니카는 미국 대학에서 패션을 전공했다.

4월 어느 날 미소 부부가 장필 패션 사무실로 찾아왔다.
장필을 본 지도 5년이 넘었다.
장필이 미국에 와서 미소를 만난 것도 처음이다.
장필은 미소의 남편 대니를 처음 만났다.
인상이 참 좋았다.

외모가 마치 존 덴버의 한국형韓國型이었다.

장필은 미소 부부에게 모니카를 직원이라고 소개했다.

사실 그대로.

서로는 이런 저런 많은 얘기를 주고받았고

미소가 찾아온 본론을 말했다.

"필운아!

올해 9월 17일에 서울에서 88올림픽이 열리는데 그때 우리 부부랑 같이 한국에 가지 않을래?!

대니가 무척 가고 싶어 하네."

"그거 참 좋은 생각이네.

실천하려면 일정을 미리 조정 해 놓고 항공권도 미리 사놔야지."

"그래서 이렇게 만나도 볼 겸 찾아온 거야!"

"그런데 올림픽을 한 보름 하지 않냐?!"

"맞아. 10월 2일까지 18일간."

"18일간을 다 한국에 있자고?!"

"그건 좀 긴가?!"

"우리 일정 조율해서 4월 말까지 최종 결정하자."

"좋아."

"근데 필운아!

한국에서 작년 6월처럼 대규모 시위가 또 일어나면 올림픽 제대로 열릴 수 있을까?! 북한이 쳐들어 오는 건 아니고?!"

"그런 건 걱정 마!

미군이 버티고 있고 소련, 중국이 다 참가해서 전쟁은 일어나지 않을 거고 한국이 행사는 아주 잘하는 나라니까 볼만할 거야!"

"별 일 없겠지?"

"그럼, 걱정 마."

방한 일정이 최종 결정되었다.

같은 비행기로 9월 15일에 서울에 도착해서 9월 17일 올림픽 개막식을 같이 보기로 했다.

중간에 동두천에서 미소파와 사장파가 같이 한번 만나기로 했고 나머지는 각자 일을 본 뒤 장필은 9월 30일, 미소 부부는 10월 5일 미국행 비행기를 타는 것으로 일정이 확정되었다.

장필은 모니카도 함께 데리고 가기로 하고

서둘러 한국행 비행기표 4장과 88올림픽 입장권 8매를 예매했다.

숙소는 장충동 타워호텔에 더블 베드룸 하나, 싱글 베드룸 두 개를 겨우 예약했다.

1988년 9월 15일 오전 두 커플이 김포공항에 무사히 도착했다.

미소나 장필 모두 미국으로 건너온 후 두 번째 방한이다.

공항에는 박사장, 선애, 잭슨이 승용차 2대를 가지고 나와 기다리고 있었다.

앞 차에는 박사장, 장필, 모니카가 탔고 뒷 차에는 선애, 미소 부부, 잭슨이 탔다.

장필이 본 거리의 풍경은 5년 전과는 많이 달랐다.

도로와 거리가 잘 정비되어 있었고 건물들이 아주 밝게 채색되어 예전의 한국 같지가 않았다.

올림픽대로에서 바라본 한강은 참으로 평화롭고 아름다워 보였다.

"사장아! 네 결혼식 때 오지 못해서 미안하다!"

"야! 거기서 자리 잡기 바쁜데 온다는 게 쉽냐?

그런데 웬 축의금을 그렇게 많이 보냈냐?!

하여튼 고맙다!"

"사장아! 미소 생각나서 어떻게 결혼했냐?"

"이 사람아! 미소가 나보다 먼저 했는데 무슨 소리야?"

"와이프는 뭐하시냐?"

"집에서 살림만 해. 평범한 가정주부.

이제 사장파, 미소파 중에 너하고 선애만 미혼이다.

너희들은 언제 가냐?"

"선애는 아직 사람 없냐?"

"선애는 결혼할 생각이 없나 보던데?"

"아직도 그래?"

"같이 온 분 한국말 잘하냐?"

"이름이 모니카인데 잘은 못하고 좀 알아듣기는 해.

내가 나중에 자세히 설명 해 줄게."

"건축일은 잘 되지?"

"네 덕분에 내가 산다. 지난달까지 정말 눈코 뜰 새 없이 바빴다."

"다행이다. 돈은 벌릴 때 땡겨야 돼! 너도 잘 알잖아! 우리 벌 수 있는데 까지 벌어 보자고."

뒤에 따라오는 차 안에서는 이런 대화가 오갔다.

"미소야! 저 모니카인지 저 애는 왜 따라왔냐?!"

"장필이가 업무 때문에 데리고 왔나 본데 너한테 미리 얘기 안했냐?!"

"글쎄 사무실에서 작년부터 일하는 건 알고 있는데 이번에 서울에 같이 온다는 얘기는 없었어."

"야! 신경 쓰지 마라! 쟤들 호텔 방 두 개 따로 잡았으니까!"
"그래?!"

호텔에 도착 해 짐을 풀었다.

다행히 룸 세 개가 17층에 있어 전망이 좋았다.

미소의 말대로 장필과 모니카는 룸을 따로 잡았다.

점심은 건너뛰기로 하고 좀 이르기는 하지만 이들은 차를 호텔에 두고 걸어서 장충동 족발집으로 갔다.

어중간한 시간이어서인지 손님이 별로 없어 대화하기엔 안성맞춤이었다. 장필이 먼저 테이블 두 개를 붙여 자리 배치를 했다.

한편에 대니, 미소, 장필, 사장이 앉고 건너편에 잭슨, 모니카, 선애가 앉았다. 대니, 미소, 잭슨, 모니카가 같은 테이블에 장필, 선애, 사장이 같은 테이블에 앉은 것이다.

장필이 종업원을 불러 주문을 했다.

"아가씨!

우선 빈대떡 둘, 맥주 두 병, 소주 두 병 주시구요,

빈대떡 다 먹으면 족발 큰 거로 두 접시 주시는데요 저쪽은 족발 뼈는 빼고 살만 주시고 이쪽은 그냥 주세요."

"외국 사람 있는 테이블 쪽에는 살코기만 주시란 말씀이시죠?"

"그렇죠! 아주 잘 아시네. 고맙습니다."

이들은 간만에 빈대떡을 안주로 소주와 맥주를 쭈~욱 들이켰다. 콜롬비아 출신은 대체로 술이 쎄다. 모니카도 술을 잘 마신다.

"잭슨은 이따 운전해야 되니 한 잔만 하고!"

"예. 알겠습니다."

박사장은 미소에게 작년에 있었던 6.10 항쟁, 6.29 선언, 노태우 당선 과정 등에 대해 자세히 얘기를 해 줬고 장필은 서울 올림픽에 대해 묻고 내일모레 9월 17일 여기 있는 사람 모두와 박사장 아내 이렇게 여덟 명이 개막식에 함께 참석할 것임을 알렸다.

그리고 박사장이 운전 한 차는 호텔에 두고 미국에서 건너온 네 명이 이용하기로 하고 잭슨이 운전한 차는 박사장과 선애가 타고 돌아가기로 했다.

이 여덟 명이 9월 17일 새벽에 타워호텔 로비에 다시 모여 전철을 타고 잠실운동장으로 이동했다. 철저한 검색을 통과한 뒤에야 자리에 앉을 수 있었다.

식전행사가 있은 후 정확히 오전 10시에 88서울올림픽이 개막되었다.

인상 깊은 장면이 여럿 있었다.

이 여덟 명이 가장 놀란 것은 규모였다.

한국에서 이런 규모의 행사를 치르다니!

다음 놀란 것은 치밀함이었다.

행사 진행에 한 치의 오차도 없었다.

마지막으로 이들은 내용에 놀랐다.

행사는 아주 한국적이었다.

가장 감동을 주고 인상 깊었던 장면이

어린 소년이 나와 굴렁쇠를 굴리는 모습이었다.

굴렁쇠는 다른 말로 '도롱태'다.

어린 소년과 도롱태는 희망을 뜻한다.

한없이 굴러간다는 희망!

한국이 잘 될 것 같다는 희망이 보였다!

88서울올림픽 개막식이 끝난 지 일주일 뒤인 9월 24일 토요일 추석 전날 저녁에 사장파와 미소파는 부부동반으로 동두천 스테이크하우스에 모였다.

미혼인 장필과 선애, 잭슨과 모니카가 한 커플이 되어 총 일곱 쌍이 모인 것이다.

박사장의 약식 사회로 만남이 진행되었다.

"우리는 국민학교를 같이 다닌 친구로 졸업한지 18년이 지났습니다.

동두천에 남아 있는 친구는 나와 선애 둘이고 나머지 다섯 중 미소와 필운이 미국에 건너 가 사업을 시작했고 종칠은 변호사가 되어 서울에 있는 법무법인을 다니고 있으며 송암이와 심산도 서울에서 직장생활을 시작했습니다.

내일이 추석인데 친구들이 모처럼 고향에 찾아와 이렇게 만나니 무척 반갑습니다.

손님으로 잭슨 군과 모니카 양이 같이 참석했는데 잭슨 군은 미군으로 캠프 게이시에서 근무한 적이 있으며 제대 후 뉴욕에서 살던 중 필운이를 만나 한국에 다시 건너와 선애가 운영하는 회사에 근무중이고 모니카는 필운이의 뉴욕회사에 근무하는 직원인데 이번에 서울에서 열리고 있는 올림픽도 구경시킬 겸 필운이가 데리고 왔는데 한국은 처음 온 것이라 합니다. 한국말도 아직 할 줄 모르니 참고하기 바랍니다.

배고플 테니 식사 들 먼저 하시고 식사를 마친 후 가나다 순으로 그동안 지내온 얘기를 해 주기 바랍니다."

박사장은 DJ를 해서 그런지 진행을 아주 매끄럽게 했다.

이곳 스테이크 맛이 어떤지 모니카 양에게 질문을 던졌다.

통역은 장필이 했다.

"한국에 와서 먹은 스테이크 중 가장 맛있습니다"라는 답이 돌아왔다.

사실 이 집 스테이크의 맛은 전국에 소문이 나서 지방에서도 많이 찾아오는 집이다.

한국의 첫인상에 대한 질문에는

"우리 아버지가 콜롬비아 육군 출신으로 한국전쟁 참전용사인데 아버지한테 들은 바로는 한국이 아주 못 사는 나라라고 했는데 이번에 와보니 그게 아니어서 놀랐다"라는 대답을 했다.

가나다 순에 의해 권종칠이 가장 먼저 발언을 했다.

"친구들!

모두 반갑다!

나는 작년 1월에 사법연수원을 수료하고 변호사가 됐다. 사법시험에 합격하면 보통 판사나 검사가 되는데 나는 사법연수원 다닐 때 딴짓을 좀 했더니 성적이 좋지 않아 변호사의 길로 들어서 현재 서울에 있는 중앙국제법무법인에 다니고 있다.

내년에 한 일 년 반쯤 영국으로 유학을 가서 공부 좀 더하고 견문도 넓히고 오려고 한다.

이제 변호사가 되었으니 법률적으로 어려운 일에 부딪히면 언제든지 찾아오기 바란다."라고 말한 뒤 명함을 돌렸다.

종칠은 아주 솔직한 친구다.

보통은 뜻한 바가 있어서 변호사의 길로 들어섰다라고 하는데 그냥 있는대로 성적이 좋지 않아서 변호사가 됐다고 말하는 그런 친구다.

다음은 박사장 차례인데 사회를 보니까 맨 마지막에 하기로 하고 윤선애에게 발언권을 넘겼다.

"보산리 오피스에서 일하다 필운이네 클럽 건물을 인수해서 필운이의 조언대로 '장필패션'이란 옷 가게를 시작했는데 그럭저럭 잘 돼서 아예 필운이와 같이 의류사업을 시작했으니 많이 도와주기 바란다. 필운이가 저기 있는 잭슨을 미국에서 보내 줘 직원으로 쓰고 있으니 이것도 참고하기 바래."

이번에는 장필운 차례다.

"친구들이 알다시피 중학교만 나와 보산리에서 아버지가 운영하시는 클럽에서 일하다 83년 5월 1일에 뉴욕으로 가서 양복점을 시작했으니 미국에서 사는 게 이제 막 5년 넘었고 일은 생각보다 잘돼서 선애와 같이 캐주얼 옷 등 의류사업에 본격적으로 손을 댔다. 나하고 같이 온 쟤 모니카는 나보다 나이가 많이 어리고 콜롬비아에서 미국으로 이민 온 앤데 대학에서 패션디자인을 공부했고 일을 시켜보니 잘해서 내가 정식 직원으로 고용했다. 나는 꼭 성공할거다. 자신 있어. 너희들도 꼭 성공하기 바란다."

다음은 정미소.

"대니와 결혼해서 필운이 보다 5개월 먼저 미국 인디애나주로 간 것은 친구들이 아는 바와 같고 그곳에서 대학을 마치고 대니의 권유에 따라 옥수수 유통사업을 이제 시작했다. 한국도 옥수수를 많이 수입하는 나라여서 한국과도 거래를 많이 하니 앞으로 많이 도와주기 바란다. 대니는 농사짓고 나는 팔고 그런 식이지. 미국에 있는 동안 필운이는 올 4월에 뉴욕에서 딱 한 번 만났다." 하면서 자기의 남편 대니를 소개 시켰다.

"안녕하세요?
미소의 남편 존 대니입니다.

5년 만에 한국이 많이 변했습니다. 놀라워요.

내 이럴 줄 알고 미소와 결혼했는데 잘한 거 같고

앞으로 미소가 돈 많이 벌 것 같은데 한국에 많이 기부하라고 했습니다.

여러분!

만나서 반갑고 고맙습니다."

대니는 좀 서툴지만 한국말로 인사를 했다.

이번에는 차심산.

"나는 조그마한 의류회사에 취직해서 다니고 있는데 월급도 그리 많지 않고 내세울 것도 없다.

열심히 살게!

친구들이 다 잘 돼서 좋다!"

황송암이 나섰다.

"나는 빵 만드는 회사에 다니고 있다.

그런데 평소에는 빵을 줄 수가 없고 이렇게 만날 때나 가끔 빵을 선물할게. 이따 집에 갈 때 카운터에 맡겨 놨으니 빵 하나씩 가져가.

반갑다.”

마지막으로 박사장 차례다.
“나는 필운이와 선애에게 신세를 많이 지고 있다.
클럽에서 DJ를 본 것도 실은 필운이 도움이 있었고 지금 건축업
을 하게 된 것도 다 필운이와 선애 덕분이다.
일은 점점 많아지고 있으니 잘 될 거라고 본다.”
하고서는
화제를 딴 곳으로 돌렸다.

“야! 장필! 미소!
근데 너희 둘 오늘같이 좋은 날 얼굴이 좀 어둡다!
고향에 무슨 안 좋은 일 들 있냐?”

장필이 좀 머뭇거리더니 입을 열었다.
“이번 서울올림픽 보러 와서 나는 한국에 대한 희망을 봤다.
그런데 여기 동두천에 와서는 어둠을 봤다.
그래서 그래!”
“응? 어둠이라니!?”
“그 잘 나가던 동두천이

5년만에 어두운 그림자가 드리운 도시가 됐어!
도대체 생기가 없고 희망이 보이지 않아!"

사장이와 필운이가 말을 주고받았다.
"지금 올림픽 기간이라
미군, 한국군 모두 비상이 걸렸어.
그래서 군바리들이 거리에 없어서 그래!"
"그건 나도 알아.
거리가 좀 깨끗해지고 연탄을 때지 않아서 그런지 공기도 좀 맑아.
그런데 거리에 기氣가 빠졌어!
죽었어!"

"미소가 보기에는 어땠냐?!"

"나도 그런 느낌을 받았어.
그래서 좀 우울 해."

장필의 눈썰미는 예리했다.

작년에 직선제 개헌 요구로 시작된 민주화운동, 올림픽 준비 등으로 군의 비상대기가 2년 가까이 이어지다보니 동두천의 기가 빠진 것이다.

도시나 거리는 고유의 색깔이 있다.

동두천은 누가 뭐래도 한국에서 유일하게 미군이 주둔하면서 생긴 신생도시이다.

동두천은 군사도시이자 기지촌의 도시인데 그 고유의 특징이 사라지자 거리가 휴화산처럼 되어 버린 것이다.

동두천의 거리에는 술과 음악, 군바리들과 아가씨들이 넘쳐나야 동두천다운데 그게 없었던 것이다.

올림픽 때문에 서울을 비롯한 전국이 활기에 넘쳐 나는데 5년 만에 동두천을 와서 본 필운과 미소의 눈에 어두운 그림자가 드리워진 동두천이 보여서 좀 불안했던 것이다.

박사장이 마무리를 했다.

"올림픽 끝나면 다시 활기를 되찾을 것이니 걱정 들 말고 즐겁게 오늘 저녁 보내자!"라고 분위기를 바꿔 이들은 그동안 밀렸던 얘기들을 나누고 다들 성공해서 동두천 발전에 기여하자는 다짐을 하고 자리를 끝냈다.

부모가 미국에 살고 있어 갈 곳이 마땅치 않은 장필과 모니카는 잭슨이 운전하는 차를 타고 서울 타워호텔로 돌아갔고 나머지는 내일이 추석이라 동두천 부모의 집이나 자기가 사는 집으로 돌아 갔다.

장필은 미국으로 돌아가기 전 선애와 여러 번 만나 의류사업에 대한 의견을 나눴다. 장필이 제시하는 의견에 선애는 대부분 동의 했다. 짧은 기간이었지만 성과도 좋았기에 둘 사이에 사업과 서로 에 대한 믿음이 더 커졌다.

장필이 미국으로 돌아가기 며칠 전 선애를 타워호텔로 불렀다.

"선애야! 너도 이제 결혼해야지!"
"야! 나보다 네가 더 급한 거 아냐?! 나이가 서른이 넘었는데 너 희 아버지가 많이 보채실 텐데?
나는 속으로 니가 미국 가서 2년 안에 결혼할 줄 알았다. 너는 은 근히 끼가 많잖아."
"야! 내가 너를 두고 어찌 먼저 결혼하냐?!"

"그럼 너, 나 결혼하지 않으면 너도 안 할 거냐?! 그러지 말고 빨리 결혼 해."

"나 아직 사귀는 사람 없어!"

"뉴욕에 한인들 많은데 빨리 하나 구해!"

"그동안 사귈 시간도 없었다 야."

"그렇기는 하지?"

이 둘은 참 이상한 사이다.

사실 이 둘은 오래전부터 사귀고 있는 사이다.

그런데 어느 누구도 결혼하자는 말을 꺼내지 않을 뿐이었다.

이 둘이 결혼하면 국민학교 동기동창 커플이 되는 것이고 잘 어울리는 한 쌍인데 서로 왜 먼저 청혼을 하지 않을까?!

결혼을 하면 서로 아끼는 마음이 깨지는 것이 두려워서 일까?

미국과 한국에서 같이 동업을 하면서 사업에 차질을 빚을까 봐 그러나?

장필이 양복 안주머니에서 복사된 서류 한 장을 꺼내 선애에게 건넸다.

선애가 읽어보더니 한참을 웃었다.

"야! 필운아! 이걸 왜 내가 읽어 봐야 되냐?! 너희 둘만 알고 그렇게 하면 되지!"

"내가 딴 일은 몰라도 여자하고 관계를 맺는 것은 너한테 꼭 알리고 싶어서!"

"너 모니카한테 마음 있냐?! 내가 보기에 인물은 네가 딱 마음에 들어할 스타일이야! 그렇지?!"

"응! 그렇기는 한데 내가 모니카하고 결혼할 마음은 없다. 애도 아직 어리고!"

"야! 미국에서 나이가 무슨 상관이냐?! 니 아버지가 외국 여자 반대하냐?!"

"아직 아버지한테 인사도 안 시켰다!"

"근데 이 협약서에 '좋은 감정이 생기면 숨기지 않고 서로 좋아하기로 한다.'라는 말은 왜 넣었냐?!"

"선애야! 너한테 정말 미안한데 남녀가 같이 붙어서 일하다 서로 장점을 발견하고 인정하다 보면 서로 좋아하는 경우가 많잖아! 그러다 보면 하룻밤 잘 수도 있고. 그걸 미리 대비한 거고 너한테는 사전에 양해를 구하고 싶어서!"

"야! 이놈아! 그걸 왜? 꼭 내가 알고 있어야 하고 굳이 나한테 말을 하냐고?!"

"뭐라고 꼬집어 말할 수는 없는데 아니 꼭 말을 하자면 내가 미국으로 돌아가 생활하다 모니카하고 하루 잔다고 칠 때 너 몰래 자는 것은 못 할 것 같아서 네 승낙을 미리 받아 두는 거야. 마음 편하게. 그리고 모니카하고 결혼할 생각은 없고!"

둘은 한동안 말이 없었고 선애의 눈가에 이슬이 맺혔다.

필운이 먼저 말을 꺼냈다.

"선애야! 나 오늘 저녁에라도 너하고 잘 수 있어! 그런데 나는 선애 너를 그런 대상으로 삼기는 싫다!
너 나하고 결혼하고 싶으면 언제든지 니가 먼저 말해!"

한동안 말이 없던 선애가 말을 꺼냈다.

"필운아! 고맙다! 너 나 많이 좋아하고 마음 써 주는 거 잘 알고 있고 니가 딴 여자하고 잔다고 너에 대한 내 마음 변하지 않을 테니 마음 편히 자라."
"정말 그래도 되냐?!"
"응. 그렇게 해! 결혼하고 싶은 여자 생기면 결혼도 하고!"

"그럼 너는 어쩔 건데!"

"뭘 어째! 너도 살다 보면 알게 되겠지만 여자는 남자하고 좀 달라!"

선애는 오피스에서 일을 시작한 지 얼마 되지 않았을 때 미국으로 도망 간 미군을 찾아 달라고 사무실로 찾아온 늙은 포주抱主아주머니의 말이 떠올랐다.

"남자 새끼들은 미국 놈이나 한국 놈이나 다 똑같이 도둑놈들이야! 불알에 정액이 차면 주체하지 못해서 몸을 휘둘러대고 결혼하자고 속이고 돈 좀 있으면 자랑하고 싶어 안달하고 돈 없으면 훔치고…

내가 몸 팔 때 내 배위로 1개 사단은 지나갔는데 사람다운 놈은 한 놈도 못 봤어.

그래서 나는 혼자 살기로 마음먹었지!"

선애는 어렴풋이 알 수 있었다.

남자들은 정자가 생성되면 주체하기 힘들다는 것을…

여자는 난자가 생기면 그냥 가지고 있어도 별 문제가 없는 것 같은데…

여하튼 사람에게는 이 정자와 난자 그리고 돈이 문제야.

그런데 정자와 난자는 제 몸에서 만들어지는 것이고 돈은 벌어서 지니는 것.

이 두 가지에서 연유되는 것이 사람에게는 가장 골치 아픈 일.

이를 잘 조절하지 못하는 사람은 사람이 아니지!

잠시 이런 생각을 하고 있는데 장필이 말을 이어 갔다.

"야! 선애야! 너도 남자 생각나면 좋은 놈 찾아 자도 돼! 진짜야!"
"알았어! 내가 알아서 할게. 그런데 너한테 미리 말하지는 안 을게!"
"말해도 괜찮아!"

세상에 이런 남녀관계가 존재할 수 있을까?!
아주 드물기는 하지만 있기도 하다.
둘은 이런 대화를 나눈 뒤 가볍게 술을 한 잔 하고 평상심으로 돌아가 헤어졌다.
장필은 박사장을 따로 만나 모니카와의 협약을 한 내용과 선애와 나눈 대화의 요점을 얘기해 주고 '선애를 잘 보살펴 줄 것'을 당부한 후 미국으로 돌아갔다.

88서울올림픽을 치른 뒤 한국의 경제는 한 단계 점프를 했고 미국과 한국의 장필패션과 인디콘 그리고 송우아키텍처는 순풍에 돛을 달았다.

권종칠은 지금은 카디프대학교로 교명이 변경된 영국 웨일스대학교 카디프대학에서 법학석사를 받고 돌아와 의정부에서 휘은 법률사무소를 열고 본격적으로 변호사업을 시작했다.

종칠의 변호사 사무실 운영방식은 좀 남달랐다.

영리를 목적으로 함에는 틀림없었으나 돈벌이가 우선이 아닌 어려운 사람들의 입장을 대변하는 일이 더 많았다. 이렇다 보니 수임 건수가 많아져 직원도 늘고 사무실은 항상 바삐 돌아갔다.

●● 변화

뉴욕의 10월 날씨는 춥지도 덥지도 않아 딱 좋았다.

한국에 다녀온 모니카는 얼굴이 한결 밝아졌고 업무 충성도가 많이 높아졌다.

자국에서 열린다 해도 보기 힘든 올림픽 개막식을 보았고 한국을 그저 그런 나라로 인식하고 있었는데 한국에 가 보니 대단한 나라라는 인식이 자리 잡았고 세계 유명상표 의류들이 한국에서 생산되고 거리를 오가는 사람들의 패션이 어떤 면으로는 뉴요커보다 한 수 위라는 느낌을 받았기 때문에 장필 패션에서 하는 일에도 자부심이 생겼던 것이다.

하루는 장필이 모니카에게 물었다.

"모니카. 우리가 하는 아웃도어 의류사업 잘 되겠지?"

"사장님! 걱정 마세요. 제가 한국에 다녀온 뒤 생각해 둔 디자인이 있어요. 머지않아 시제품 만들어 보여 드릴게요."

"고맙다. 그런데 부탁이 있어. 내가 영어를 좀 하기는 하는데 한국에서 말하는 '콩글리시'로 수준이 좀 낮은 영어지. 모니카는 영어도 잘하는데 내가 말할 때 틀린 단어를 쓰거나 좀 더 나은 표현을 했으면 하는 부분이 있으면 바로 지적을 해서 바로 잡아 줘."

"알겠습니다. 가끔 그러실 때가 있기는 해요."

"내가 사업을 좀 더 키우려면 상류층도 많이 만나야 해서 품격있게 말할 필요를 느끼기 때문에 그래."

"옳으신 말씀입니다. 틈나는 대로 TV를 자주 보세요. 뉴스를 중심으로. 말을 익히기에 제일 빠른 길이죠. 사장님 책상 옆에 소형 TV 한 대 설치할까요?"

"좋아. 그게 좋겠네. 우리 언제 술 한 잔 할까?"

"편하실 때 말씀하세요!"

"알았어!"

장필은 틈나는 대로 이 채널 저 채널을 돌려가며 미국 방송을 시청했다. 모니카 말대로 말투나 사용하는 단어의 품격을 높이는데 많은 도움이 되겠다는 것을 알아차렸다. 생각해 보니 한국에서 생활할 때는 거의 하루 종일 음악만 들었지 방송은 많이 본 적이 없었다.

어느 날 모니카가 남성용 여성용 각 두 벌씩의 아웃도어 의류 시제품을 들고 책상 앞으로 왔다.

"지난번 말씀드린 대로 만들어 본 시제품인데 어떠세요?"

옷이 밝고 아주 심플한데 시중에 보편화된 그런 디자인이 아니었다.
"좋은데! 30대가 입으면 딱이겠는데?!"
"맞아요! 한 번 입어 보세요!"
"응? 내가?"
"사장님 염두에 두고 만들었습니다!"

피팅룸fitting room에 들어가서 입어 보니 몸에 딱 맞았다.

"모니카 실력이 생각했던 것보다 대단하네! 좋아!"
"이 여성 옷은 누가 입어 보나?"
"제가 입어 보겠습니다."

이번엔 모니카가 옷을 갈아입고 나왔다.
"어우! 엄청나! 아주 좋은데!"

모니카의 좋은 몸매가 잘 드러나면서 절제된 분위기가 묻어 있는 아주 세련된 디자인의 캐주얼한 여성복이 탄생한 것이다.

"모니카! 우리 오늘 이 옷 벗지 말고 이대로 한잔 하러 갈까?"

장필은 모니카를 한식집도 남미 음식점도 아닌 평소 봐 두었던 일식집으로 데려갔다.

회를 시키며 종업원에게 술은 가져온 것을 마시겠다고 미리 알리고 소주를 세 병 꺼내 놓았다.

"사장님! 술을 세 병씩이나?!"

"모니카 이 술 서울에서 마셔 봤잖아? 그리 독하지 않아서 둘이 세 병은 있어야 돼."

"아! 예!"

"회 먹어 봤지?"

"예. 몇 번 요."

"일식집에 온다고 미리 얘기를 하지 않아서 좀 걱정했거든."

둘은 한국식으로 주거니 받거니 소주를 마시기 시작했다.

한국에서나 뉴욕에서나 일식은 굽거나 끓이지 않고 먹을 수 있어서 얘기하기에는 아주 그만이다.

"모니카 우리 회사에서 일해보니 어때?"

"예! 아주 만족합니다."

"우리 열심히 해서 좋은 회사 만들어 보자구!"

"예! 알겠습니다!"

"오늘 입고 온 이 옷 디자인, 한국 선애에게 보내서 물건 만들어
보내라고 해. 수량은 모니카가 판단해서 말해. 내 생각으론 좀 수
량을 좀 넉넉하게 해도 괜찮을 것 같은데?!"

"잘 생각해서 결정하겠습니다.

그런데 사장님!

선애씨 하고는 어떤 관계세요?

일반적인 사이는 아닌 것 같은데!"

"눈치챘어?

사랑하는 사이 그 이상이지!"

"예?!

그럼, 결혼할 사이?!"

"그 이상이지!"

"예?!

"그게 그럼 무슨 사이죠?!"

"지금 결혼해서 앞으로 50년 사는 것보다 30년 후에 결혼해서 10년을 많이 행복하게 해 줄 수 있다면 후자後者도 나쁠 게 없다는 게 내 생각인데, 그런 대상이지!"

"사장님! 참 멋있는 사람이네요!"

"멋은 없고 생각은 있는 사람이라고 보면 돼!"

"그럼 선애씨 하고 성관계는 해 본 적 있으세요?!"

"아직 없지."

"왜 안 하셔요?!"

"그건 나도 잘 몰라!"

"그럼 지난번 저하고 '협약서'는 왜 쓰셨어요?"

"그건 그럴 수도 있겠다 싶어서."

"사장님이 딴 여성하고 성관계를 하는 거 선애씨가 아시면 싫어하실텐데?!"

"그런 건 서로 양해하기로 했지!"

"두 분은 참 이상한 사이시네요?!"

"그렇기도 하지!"

이제 소주가 한 병 남았다.

"우리 오늘 성관계 한 번 해 볼까?!"

…

"좋습니다."

모니카의 알몸은 눈이 부셨다.

탄력도 대단했고 모든 것이 만족이었다.

선애에 대한 죄책감보다

다행인 것은

모니카가 처녀성을 간직하지 않고 있다는 거였다.

사실 관계를 맺기 전까지는 그 가능성을 반 반으로 봤었다.

장필 이놈은 좀 희한한 놈이다.

대부분의 수컷들은 처녀virgin를 탐하는데.

다음 날 출근해서

둘은 어제는 잊고 그저께의 마음으로 오늘을 맞았다.

사무실은 그저께의 분위기였으나 각자의 기분과 일의 능률은 배가倍加되었다.

다 장필이 작성한 협약서 덕분이겠지?!

종칠이 영국유학을 마치고 돌아 올 무렵인 1990년 10월 이후의 국제정세는 크게 요동쳤고 한국에서도 많은 변화가 일기 시작했다.

1990년 8월에 시작된 걸프전쟁이 1991년 2월에 끝나고 세계적인 석유파동이 일어났다.

1990년 10월 3일에는 독일이 통일되었다.

이는 같은 분단국가인 한국에게는 의미가 컸고 한국사회의 다방면에 많은 영향을 줬다.

1991년 12월 21일 소비에트 연방의 11개국이 독립을 선언하여 공산주의 종주국 소련이 해체되고 1991년 12월 31일 러시아 연방 공화국이 생겼다.

이 또한 한국으로서는 아주 중요한 역사적 사건이었다.

1992년 가을에 동두천에서 아주 끔찍한 사건이 일어 났다.

주한 미군 스무 살 마클 육군 이병이 스물여섯 살 윤금이를 변태적으로 살해한 것이다.

걸프전 여파로 가뜩이나 움츠러든 동두천에 어두운 그림자가 더 드리워졌다.

중국은 1993년에 장쩌민江澤民 강택민이 주석이 되면서 덩샤오핑 鄧小平 등소평이 끈질기게 주창하던 시장경제가 본격 시작되어 강국 의 기틀을 잡아가기 시작했다.

한국은 1993년 2월 김영삼이 대통령에 당선되어 이른바 문민시대를 열게 되는 데 1993년 8월 12일 금융실명제를 전격 시행하여 엄청난 변화를 가져온다.

한국사회는 1961년 5월 16일 혁명을 부르짖은 박정희가 권력을 잡았지만 그 이후 노태우 정권에 이르기까지 부정부패가 사라지지 않고 있었으나 김영삼이 당선되고서야 사회에 만연 된 부정부패를 본격적으로 척결하기 시작했다.

베이비부머들이 1990년대 초까지 경험한 한국의 부패는 정말 심각했다. 정부, 기업, 심지어 교육계 등 모든 곳이 부패를 당연시하였고 봉투를 따로 준비하지 않으면 일이 제대로 돌아가지 않았다. 국민의 의식 자체가 출세나 성공에 대한 척도를 '돈 생기는 자리'로 인식하고 있던 시절이었다.

김영삼이 한국에서 금융실명제를 전격 시행할 수 있었던 것은 정치적 결단이 있었기 때문이기도 하지만 시스템이 뒷받침되었기 때문이다. 한국은 70년대부터 여러 분야에서 일찍 전산화를 시작해 요즈음 용어로 ICT Information & Communication Technology 정보통신기술의 비약적인 발전을 이루게 되었고 이러한 ICT가 접목된 금융시스템이 실명제를 가능하게 했던 것이다.

이렇게 시행된 금융실명제에다 역시 한국의 고도화된 ICT를 바탕으로 한 인터넷의 활성화로 전자정부가 추진되고 민원접수 및 부정부패 신고시스템이 구축되다 보니 관공서와 공공기관에서 부정과 부패가 줄어들기 시작했다.

독일의 비정부기구인 '국제투명성기구'에서 1995년도부터 전 세계 각국의 부패인식지수약칭 부패지수를 발표하고 있는데 한국은 1995년부터 2004년까지는 절대부패국가에 속했고 2005년에야 절대부패국가에서 벗어나 170여 국가 중 50위 전후의 순위를 맴돌고 있다. 김영삼 정부가 부패척결 조치들을 취하지 않았다면 한국은 아마 100위 안에도 들지 못했을 것이다. 2017년에 발표 된 한국의 부패인식지수가 54점으로 180개국 중 51위, OECD경제협력개발기구, 아직 중국과 인도·러시아는 가입되어 있지 않음 35개2017 기준 국가 중 29위로 아직도 경제규모에 비해 부패가 많은 편에 속한다.

한국사회에서 부정, 부패가 줄어들면서 GDP 순위가 정체되고 있는 측면이 있어 아이러니컬하기도 하지만 어쨌든 부정, 부패는 많은 국민을 절망하게 만드는 폐악적인 요소이다. 한국이 좀 더 부패인식지수 선진국이 되어 살기 좋은 나라가 되기를 갈망한다.

참고로 살기 좋은 나라 상위국과 부패인식지수 상위권의 나라가 대개 일치한다.

1996년에는 국민학교의 명칭이 초등학교로 바뀌었다.

1997년 1월 18일 동두천 보산동의 일부가 '관광특구'로 지정되었다.

1997년 11월 21일

한국이 IMF국제통화기금 International Monetary Fund에 구제금융을 신청하는 치욕적인 일이 벌어졌다. 국가의 외화 빚이 총 1,500억 달러가 넘고 당장 갚아야 할 돈이 많은데 한국은 금고에 있는 외화가 40억 달러도 되지 않아 IMF에서 돈을 빌려다 쓰고 4년간 IMF의 간섭을 받게 된 것이다.

전산시스템이 다른 나라보다 아주 잘 갖춰진 한국에서 곳간이 빌 때까지 이를 조기에 감지해서 대처하지 못하고 이런 일이 벌어졌다는 것은 5년 단임의 정치구조가 가져온 도덕적 해이와 이에 따른 관리의 부재에서 연유된 측면이 크다고 볼 수 있다. 아직까지 5년 단임의 정치구조를 가진 한국은 항상 이 부분을 염두에 두고 긴장하며 살아야 할 것이다.

정치 9단이라는 김영삼이 경제관리는 빵점이었던 셈이다.

경제를 경제인에게 맡긴다 하더라도 최종 관리의 책임은 정치영역에 있다. 이 일로 인해 부정부패척결 등 여러 업적이 있었음에도 불구하고 정치인 김영삼은 빵점이 되었다.

이 시기 베이비 부머들은 큰 시련을 겪는다.

이제 갓 마흔을 넘긴 많은 숫자의 베이비 부머들이 거리로 나앉게 된 것이다.

장필과 선애의 장필패션, 박사장의 송우아키텍처, 미소의 인디콘도 매출 감소 등의 큰 어려움을 겪었지만 다행히 이들은 부채가 거의 없어 사업이 휘청거릴 일은 없었다.

다만 월급쟁이를 하던 황송암, 차심산은 회사를 나와 새로운 일자리를 찾아야 했다.

종칠의 휘은 법률사무소는 오히려 더 호황이었다.

나라가 어지럽고 경제가 어려워지면 법률수요는 오히려 늘어난다.

공기업에 다니는 명돈담도 자리를 보전하는데 큰 문제가 없었다.

1997년 12월 18일 제15대 대통령 선거에서 김대중이 대통령 도전 네 번 만에 74세의 나이로 당선이 되었다. 김영삼 정부로부터 물려 받은 IMF의 빚을 예정된 시기2001년 보다 앞당겨 1999년에 다 갚았다.

IMF 구제금융사태의 후유증은 예상보다 컸다.

한국은 GDP 순위에서 1년 만에 제 자리를 찾는 저력을 발휘했지만 분명 사회의 활력은 반감됐다.

이때 일자리를 잃은 40대 초반의 많은 사람들이 60대 초반이 된 지금까지도 시름에 빠져 있는 경우가 많다.

이 부분에 대해서는 국가도 기업도 별 책임을 지지 않았고 구제금융사태에 대한 책임을 진 사람도 별로 없고 공적자금이 투입된 기업체의 도덕적 해이가 심각했지만 크게 문제 삼지도 않고 유야무야 넘어가 현재에 이르고 있다.

사장파와 미소파의 나이가 어느덧 마흔을 넘겼다.

1999년은 지구촌이 말 그대로 별 일 없는 한 해였다.

이른 봄날

장필 패션의 모니카가 장필에게 말을 던졌다.

"사장님!"

"왜?!"

"저도 이제 서른이 넘었는데 결혼해도 될까요?!"

"그걸 왜 나한테 묻지?!"

"사장님!

잊으셨어요?

우리 협약관계잖아요."

"아! 그렇지!"

"상대는 누구야?"

"백인 성악가입니다. 나이는 저보다 두 살 어리고."

"성악?"

"예. 유명한 사람은 아닌데 성악을 합니다. 순진해요."

"축하해요.

준비할게 많겠는데? 도와야 할 일 있으면 언제든지 말해요."

"예. 감사합니다."

"결혼하더라도 회사는 계속 나올 거지?!"

"물론!"

둘은 이날 저녁 침대 시트가 젖을 정도로 몸을 풀었다.

그런 뒤

모니카는 장필에게 협약서를 건넸다.

장필은 모니카가 보는 앞에서 협약서를 찢었다.

그 해 6월 모니카는 결혼했다.

그 해 12월에

장필은 사장파, 미소파 친구들에게 2000년 4월에 부부동반으로 뉴욕을 방문해 달라는 초청장을 보냈다.

2000년은 천년마다 한 번씩 오는 새천년이 시작되는 해라고 지구촌이 좀 떠들 썩 한 해였다. 사실 새 천은 2001년에 시작되는 게 맞는데 인간들은 필요에 따라 즈 입맛대로 기념도 하곤 한다.

New Millennium이 시작되는 해라고.

장필이 이를 염두에 두고 친구들을 초청한 것은 아니었다.

미국에 온 지 어언 17년이 지났는데 친구들을 초청하지 못했었고 사업도 이제 궤도에 올라서서 여유가 생겼기 때문이다.

2000년 4월 14일 금요일

한국에서 사장 부부, 심산 부부, 송암 부부, 선애와 잭슨이 뉴욕행 비행기에 몸을 실었다.

뉴욕의 날씨는 많이 쌀쌀했다.
일행은 뉴욕 로우어맨해튼에 자리 잡고 있는 머서 호텔에 여장을 풀었다.

4월 15일 저녁
머서 호텔 양식당에 인디애나에서 달려온 미소 부부를 비롯 해 모니카 부부 장필과 선애 등 여덟 쌍이 모였다. 잭슨은 다른 사람과의 약속이 있어 참석하지 않았다.

장필이 분위기를 이끌었다.

"먼 길 오느라 수고 많았고 와 줘서 고맙다.
진작 이렇게 초청을 했어야 되는데 너무 늦어 미안하다.
여기 낯선 얼굴이 하나 있어 먼저 소개한다.
모니카가 작년 6월에 결혼했는데 그 남편이고 직업은 성악가다.
모니카가 아직 우리 회사에 다니고 있으니 앞으로 가끔 볼 지도 모르니 서로 인사하고 잘 지내라."

환호와 축하의 박수가 터졌다.

이들은 간만에 많은 얘기를 주고받으며 즐거운 시간을 보냈다.

머서 호텔은 맨해튼에 자리 잡고 있어 뉴욕을 구경하고 뉴욕에 거주하고 있는 친구 등 한인을 만나기에 아주 편리했다.

하루는 인디애나 미소의 집에 초대받아 비행기를 타고 가서 점심을 먹고 왔다.
미소의 시댁은 한국에서 생각했던 것 이상으로 큰 농사를 짓고 있었으며 미소가 하는 곡물 유통사업도 아주 잘 되고 있음을 눈으로 확인했다.

뉴욕에는 일반인들이 생각하는 것보다 동두천 출신이 많다.
뉴욕에 온 이 친구들은 동두천 출신 친구들을 만나기에도 바빴다.
친구들이 종칠의 안부를 많이 물었다.
종칠이 이번에 함께 오지 못한 것은 법률사무소 일이 바쁘기도 했지만 동두천 광암동에 아버지가 사실 집을 짓기 위한 준비로 바빴기 때문이다.
종칠은 새 집을 지어 아버지도 모시고 본인도 동두천에 올 때 이용하기로 계획을 세우고 진행 중에 있었다.

하루는 장필이 선애를 따로 만나 엠파이어 스테이트빌딩 상층부에 있는 조용한 공간으로 데려갔다.

"그동안 사업하느라 고생 많았지?!"

"뭘, 나는 니가 하라는 대로 하기만 해서 쉽게 돈 벌었지!"

"야! 무슨 말을 반대로 하냐?!

내가 네 덕에 편히 돈 벌었다!

고맙다!

우리 그동안 꽤 벌었지?!"

"좀 벌었다고 긴장을 풀면 안 돼! 사업은 모든 게 순식간이라는 거 너도 잘 알잖아!"

"맞아! 명심할게!"

"모니카는 어떻게 떠나보냈냐?!"

"뭘? 그게 뭐 어렵다고! 그냥 보내면 되는 거지!

우리 회사에 계속 근무하니 아주 떠난 것도 아닌데!"

"야! 이놈아! 말 돌리지 마라!

너 걔 보낼 때 분명 울었을 거다!"

"아냐! 정말야! 보내고 말 것도 없는 직원일 뿐인데. 회사 그만두면 보내는 거지."

"야! 너 말 많이 늘었다!"

"한국말은 안 늘었고 영어는 많이 늘었다. 나 이제 고급 영어도
한다!"

"잘했다. 그래야지!"

"근데 선애야! 너 결혼은 언제 할 거니?!"

"아직 생각 없어!"

잠시 침묵이 흘렀다.

"선애야! 너 나하고 결혼하자!"

또 침묵이 흘렀다.

장필이 말을 이었다.

"근데 조건이 있다!"

"뭔데?!"

"우리가 환갑이 되는 해 2017년 봄에 하자!"

"야! 이 미친놈아!

"환갑이 되려면 아직 17년이나 남았는데 그때 할 결혼에 대한 청
혼을 지금 하는 놈이 세상에 어디 있냐?!"

"야! 미친놈이 뭐냐! 고운 말 좀 써라!"

"이 상황에 미친놈 말고 다른 표현이 뭐가 있겠냐?! 이놈아!"

"그렇기는 하네…"

"환갑에 결혼하자는 이유를 말해봐."

"선애야!

나는 동두천에 살 때부터 성공 한 뒤 너에게 청혼하려 했다!"

"지금 성공했잖아!"

"그러니까 지금 청혼하고 있잖아!"

"그럼 올해나 내년에 결혼하자고 해야지!"

"선애야!

네 주위를 잘 봐라!

결혼하면 그 뜨겁던 서로에 대한 열정이 일 년이 채 못 가 식고 싸우면서 사는 게 대부분이다.

삼 년 좋게 지내고 50년 60년 싸우고 사는 게 나는 싫어!

환갑에 결혼하면 남은 시간이 아까워서라도 싸우고 살겠냐?!"

"그럼 자식은?"

"지금 내 생각으로는 자식은 없어도 되는데 꼭 필요하면 입양하자!"

"너 지금처럼 실컷 즐기고 힘 빠지면 나하고 같이 살자 이거지?!"
"에이! 마음에도 없는 말을 왜 하냐?! 내 속마음 네가 잘 알면서!"
"하여튼…"
"선애야!
나 오늘 분명히 너에게 청혼했다!
청혼한 날짜 외우기도 쉽네!
2000년 4월 19일 수요일"

"염두에 두고 있을게!"

장필은 이렇게 뉴욕에서 선애에게 청혼을 했다.
이후 일행은
세계무역센터 빌딩, 맨해튼 일대, 자유의 여신상 등을 둘러보고
4월 24일 한국행 비행기에 몸을 실었다.

김대중은 햇볕정책으로 남북의 평화무드 조성에 나섰으며 2000
년 6월 13일 평양을 방문하여 김정일을 만나 해방 후 첫 남북정상
회담6월 15일을 했고 2000년 12월 10일 노르웨이 오슬로에서 노벨
평화상을 받았다.

한국 국민은 이러한 일련의 일들을 대수롭지 않게 생각하는 측면이 있는데 이는 국제사회에 한국의 분단과 통일의 필요성을 알리는 아주 중요한 신호탄이었다.

베트남과 독일의 통일에서 알 수 있듯이 민족이 아닌 이념으로 갈라진 국가가 통일을 하기는 쉽지 않다. 국제사회의 동의가 없이는 전쟁을 통해 통일을 해야 하는 것인데 전쟁은 어머어마한 댓가를 치러야 한다.
이때까지 재래식 군사력은 조민국이 우위를 점하고 있었다.

이후 한반도의 문제가 세계적인 이슈로 부각되었다고 볼 수 있다.

관심이 있어야 해법이 나온다.

2001년 6월 20일 동두천 광암동 턱거리에서 멀지 않은 남향의 양지바른 소나무 숲 가운데에 종칠의 새 집이 완성되었다.
목조로 지어진 집은 아주 잘 구획되었다.
아버지가 거처하실 공간이 따로 마련되었고 나머지 공간은 복층으로 이루어졌는데 많은 사람이 모여 대화할 수 있는 공간이 있고 서재와 침실 등이 마련된 보기 드문 좋은 집이었다.

정원에는 잔디가 깔렸고 주위에 여러 가지 나무들을 의미있게 배치하고 선線을 잘 살렸다. 담장이나 울타리를 설치하지 않은 열린 집을 만들어서 누구든 이곳에 오면 마음이 안정되고 편해진다는 말을 이구동성으로 했다.

높은 곳에서 이 곳을 바라보면 마치 백두산 천지를 연상케하는 그런 모습이었다.

종칠은 이 집을 '햇살 바른 집'이라 이름 지었다.

종칠의 지인들은 이 집의 이름을 그냥 '햇바하우스'로 불렀다.

이 집의 완공은 박사장과 명돈담이 자주 만날 수 있는 계기가 되었다.

집이 완공된 얼마 후인 2001년 9월 11일 뉴욕에서 테러가 일어나 110층의 세계무역센터WTC 빌딩이 한순간에 무너져 내리고 2,700명이 사망했다.

이 곳은 사장파와 미소파가 4월에 뉴욕을 방문해서 둘러봤던 곳이다.

다행히 미소파와 사장파 지인들의 희생은 없었다.

미국은 이 사건을 계기로 테러와의 싸움을 시작 해 국제관계가 새로운 국면을 맞이 한다.

다음 해 2002년 5월에 한국과 일본은 제17회 월드컵을 공동개최 했다. 일본과 공동개최로 인한 아쉬움이 컸지만 한국의 응원 열기 는 뜨거웠고 길거리 응원의 새로운 장을 열었다. 세계적인 스포츠 행사의 하나인 월드컵을 한국에서 개최했다는 파급력은 컸다.

88서울올림픽에 이어 세계가 한반도와 한국에 주목하는 계기가 또 한 번 마련된 것이다.

2003년 2월 24일 김대중 대통령이 퇴임하였다.

그의 업적은 노벨평화상보다도 IMF 구제금융사태를 조기에 종 결하고 한국경제를 제자리로 돌려놓은 것이라고 해야 할 것이다. 김대중 집권 시 많은 사람들은 좌경화나 사회주의화를 우려했으나 막상 그가 중점을 둔 것은 시장경제를 바탕으로 한 자유경제체제 정착이었다. 그의 정책기반은 그가 62세 때인 1986년에 펴 낸 '대 중경제론Mass-Participatory Economy' 이었다. 한국에서 대통령이 되고 자 하는 사람은 꼭 이 책을 읽어 봤으면 하는 마음이다.

2003년 2월 25일 노무현이 대통령에 취임하였고 다음 달에 이라크전쟁이 발발했으며 한국은 약 600명의 공병대와 의료지원단을 파견했고 사담 후세인이 농가 주변 땅굴 속에 숨어있다 손들고 나와 체포되어 전쟁이 끝났다.

이 전쟁이 일어나자 미국은 주한미군을 이동 배치하여 많은 숫자의 주한 미군이 줄어들었다.

이 여파로 동두천 주둔 미군의 70%정도가 줄어들어 동두천의 분위기가 많이 가라앉고 침체의 늪으로 빠지기 시작한다.

이 무렵부터 명돈담은 햇바하우스를 부쩍 자주 찾아가 종칠과 함께 정원과 텃밭을 가꾸며 동두천 종칠의 친구들과 친구가 되어 술도 같이 마시고 많은 대화를 나누기 시작한다.

햇바하우스는 열린 공간으로 많은 사람들이 찾아온다.

하루는 햇바하우스에서 박사장과 명돈담이 대화를 나누고 있는데 40대 초반의 낯선 남자가 한 명 찾아왔다.
"혹시 박사장님 여기 계신가요?"
"예. 제가 박사장인데 누구시죠?!"
"아이구! 안녕하십니까?"하면서

허리를 반 이상 굽혀 인사를 하고는 두 손으로 박사장의 손을 공
손히 잡고 나서

　　"제가 선미옥의 동생입니다. 이름은 '선승남'입니다."

　　박사장은 한동안 멍하니 서 있다 그를 자리에 앉혔다.

　　"이제야 찾아 뵈어 죄송합니다!
　　제가 죽을 죄를 지었고 사장님께 감사드립니다!"

　　선승남이 말한 자초지종은 이랬다.

　　선승남은 선미옥과 한 살 차이로 선미옥이 통장으로 보내 주는
돈으로 모대학교 건축학과를 졸업하고 졸업과 동시에 H건설회사
에 취업이 되어 사우디 현장에서 일했고 대체복무로 병역의무도
마쳤다 했다.

　　어쩌다 한국에 오면 누나를 수소문했으나 소재 파악이 되지 않
았는데 작년에 아버지께서 돌아가시기 전 누나가 오래전 죽었고
동두천에 가서 수소문해 보면 미옥이 소식을 알 수 있다고 해서 작
년부터 시간 날 때마다 동두천에 와서 탐문을 하던 중 박사장님을
찾아 나섰고 오늘 여기까지 와서 박사장을 만나게 되었다는 것이
었다.

그날 저녁 셋은 햇바하우스에서 통음痛飮을 했고 다음 날 미옥의 무덤을 찾아 막걸리를 부었다.

선승남은 P건설회사로 자리를 옮겨 서울사무소에 근무중 이었는데 박사장을 형으로 생각하고 자주 찾아오겠다는 말을 남기고 서울로 돌아갔다.

박사장은 이 무렵 한동안 손을 놓았던 색소폰을 다시 손에 잡았고 동호회에도 가입하여 본격적으로 취미활동을 시작했다.
색소폰 동호회에는 여러 부류의 사람들이 있었다.
건설부 국장을 끝으로 공무원 생활을 마치고 전원생활을 하겠다고 왕방산 기슭에 집을 마련하여 서울서 내려온 김치국.
현직 비뇨기과 의사 박기동.
부동산중개업을 하는 서천평 등등.

그리고 주말이면 별 할 일이 없어 무료하다는 윤선애가 박사장을 따라 가끔 이 동호회에 나왔다.
박사장은 이 동호회원들을 햇바하우스로 초대하여 권종칠 변호사를 인사시켰고 햇바하우스에 종칠이 있든 없든 분기分期에 한 번 정도 이곳에 와서 연주하고 대화하며 술을 마셨다.

이렇게 햇바하우스는 문이 열려 있었고 찾는 사람이 많아지기 시작했다.

노무현의 참여정부는 권위주의와 특권의식을 사회 곳곳에서 없애 나갔고 2007년 6월 30일 한 · 미 자유무역협정FTA Free Trade Agreement을 타결하였으며 노무현은 2007년 10월 육로로 평양을 방문하여 김정일을 만났다.

노무현 대통령의 임기 중인 2007년이 동두천으로서는 아주 중요한 한 해였다.

4월 13일에 동두천 상패동 소재 캠프 님블이 반환되었다.

2만 평 정도의 면적으로 아주 넓지는 않지만 미 2사단 수송중대가 사용하던 미군기지가 반환된 것이다.

11월 13일에는 주한미군기지의 이전배치를 위한 시설 기공식이 평택 '캠프 험프리스'에서 개최되었다.

캠프 험프리스는 평택시 팽성읍에 자리 잡고 있는데 한미 양국은 이 부대 주변의 땅을 수용하여 한강 이북에 산재된 주한 미군기지를 통합 이전해서 세계 최대의 미군 해외기지를 만드는 계획을 실행에 옮긴 것이다. 면적이 여의도의 5배에 달하고 판교 신도시의 1.5배가 넘는다. 미군, 군무원 등 종사자와 그 가족 등 4만 5천여 명이 상주하며 최대 8만 5천 명을 수용 할 수 있는 웬만한 작은 시의 규모로 계획이 되어 있다.

이 시설이 준공되면 용산의 미군과 동두천 미군 거의 전부가 평택으로 이동을 하게 되는 것이다.

이러한 계획은 1990년 노태우가 미국에 제안하여 미국과 양해각서가 작성되었고 2003년 노무현과 부시의 한미 정상회담에서 합의가 된 사안인데 그 실행을 위한 첫 삽이 떠진 것이다.

동두천은 비상이 걸렸지만 인구 10만의 작은 도시는 무력할 따름이었고 지켜볼 수밖에 없는 게 현실이었다.

●● 궁리

세상이 이렇게 변하고 한국에 여러 일이 일어나는 동안
장필패션, 인디콘, 송우아키텍처는 많은 성장을 해서 중견기업
으로 자리 잡았다.

햇바하우스는 미소파, 사장파, 동두천 색소폰 동호회가 만나는
거점이 되었다.
미소 부부, 장필은 한국을 여러 번 다녀 갔는데 동두천에 머무를
때는 호텔을 따로 잡지 않고 햇바하우스를 숙소로 삼으며 지인이
나 사업상 필요한 사람들을 만났다.

장필패션은 사업의 규모가 커져 본사를 동대문으로 옮겼으나 선
애는 서울로 이사 가지 않고 동두천 집에 살았고 서울에 머무를 일

이 있을 때는 호텔을 이용했다.

햇바하우스에서는 토론이 자주 벌어졌는데 참여하는 사람들은 박사장, 권종칠, 명돈담, 차심산, 황송암, 고故 선미옥의 동생 선승남, 색소폰 동호회의 김치국, 서천평, 박기동이 주 멤버였고 미국에서 정미소, 장필운이 한국에 올 때는 자연스럽게 합류하였다.

명돈담은 종칠의 친구로서 동두천을 자주 드나들다 이들과 아주 가까운 사이가 되었고 선승남은 누나와의 인연을 바탕으로 아예 동두천이 제2의 고향이라며 아주 적극적으로 모임에 참여했다.

이들은 이때부터 미군이 많이 빠져나가 활력을 잃은 동두천의 발전방안에 대해 본격적으로 의논을 하기 시작했다. 지금 남아 있는 미군마저 평택 캠프 험프리스로 이전하게 되면 동두천시가 과연 존재할 수 있을까?라는 불안감이 엄습해 왔기 때문이다.

이들은 이 만남을 "동두천 발전을 위한 모임 약칭 '동발모'"으로 정하고 주기적인 모임을 가졌다.

동두천이 그나마 다행스러운 것은 문화예술인 등 민간인이 중심이 되어 '동두천 록 페스티벌 조직위원회'가 만들어졌고 시와 도 등 각계에서 후원하고 주관하여 1999년부터 매년 여름 록 페스티벌이 열린다. 신중현에서 비롯된 한국 록음악의 발상지임을 부각시키려 는 시도를 한 것이다.

1990년대 말부터 세계에 새로운 바람이 불기 시작했다.
바로 한류韓流다.
한국 드라마에서 시작 해 대중음악, 음식 등 다방면에서 한국 특유의 색깔이 담긴 바람이 전 세계로 퍼져 나가기 시작한 것이다.

그중에서도 K-Pop의 열기는 심상치가 않았다.

바흐가 '음악은 세계 공용어'라는 말했는데 한국의 대중음악은 마치 세계 공용어와도 같이 퍼져 나가기 시작했다.

원더걸스, 소녀시대 등 걸그룹의 활약은 K-Pop 세계화의 시작종 이었다.

'동발모' 정기모임이 있던 어느 날 모임 시작 전 명돈담이 박사장 에게 말을 던졌다.

"사장님!"

"예."

"동두천이 침체되어 가는데 동두천을 대중음악도시로 부활시키는 것은 어떨까요?!"

"예?!"

"지난여름 보산동에서 열린 동두천 록 페스티벌에 잠깐 기웃거린 적이 있는데 '록음악' 위주로 행사가 진행되더군요.

동두천의 특성과 여건 상 아예 동두천을 대중음악 도시로 발전시키면 어떨까?! 해서요…"

"그거 아주 좋은 생각인데 우리 역량 가지고 그게 될까요?!"

"동발모에서 거론해서 방안을 연구해 보면 어떨까요?!"

"한 번 해 봅시다!"

이렇게 동발모의 '동두천 대중음악도시 발전방안'이 논의되기 시작했다.

이 무렵 경기도 가평 자라섬에서는 재즈 페스티벌이 시작됐다.

동발모는 이 주제를 장기과제로 두고 꾸준히 토론을 이어가기로 했다.

동발모는 동두천과 관련된 다양한 주제들을 놓고 토론을 한다.

　한 번은 미소가 한국에 와 동발모에 참석하게 돼서 자연스럽게 한미관계를 주제로 토론을 벌였다.

　미소의 주장은 다음과 같았다.

『한국에서 주한미군과 관련된, 구체적으로 말하자면 '윤금이 사건' 같은 게 나면 반미구호와 미군 철수 주장이 거세게 일어나는데 이건 좀 잘못됐다.

　반미운동이나 미군 철수 주장을 할 것이 아니라 해당 범죄를 저지른 미군에 대한 처벌을 강하게 요구하는 것으로 그쳐야 한다.

　한국에서 태어나 26년을 살았고 미국에 와서 26년을 살면서 한국을 바라본 결과 한국경제의 규모가 세계 10위권까지 치고 올라온 배경에는 미국의 영향이 컸다. 경제 대국인 일본과 독일이 미국의 영향 하에 경제성장을 이룬 것과 마찬가지다.

　미국 대외정책의 기조는 자국에 이익이 되는 나라를 잘 살게 만들어 그들 나라로 하여금 자국을 보호하게 만드는 데 있다.

　미국은 과거 강대국처럼 이해관계 국가를 식민지로 만들거나 수탈하지는 않는다.

특히 한미관계가 지금처럼 돈독한 것은 미군의 역할도 크다. 미군부대가 한국 주요 도시의 요지를 차지하여 일부 도시의 발전에 장애가 되고 있는 것도 맞지만 이는 한미간 협상을 통하여 해결되고 있다.

이 결과 동두천 미군기지도 평택으로 통합 이전하게 되는 것이다. 동두천도 미군이 떠난 뒤 살 방안을 찾아야 한다.

내가 보기에 그동안의 한미관계는 한국과 미군과의 관계였다고 해도 과언이 아닐 것이다.

미군이 한국에 주둔 해 있다고 해서 한국이 주권국가가 아닌 것도 아니고 미국의 속국도 아니다.

다만 미국은 한국이 미국에 도움이 되는 나라가 되길 바라는 것은 틀림없다.

한반도에 미군 말고 다른 나라 군대가 주둔했으며 문제는 더 컸을 것이다.

미군은 애초 한반도에 장기 주둔을 원하지 않았다.

다 아는 바와 같이 2차 대전 패전국 일본의 무장해제를 위해 한반도에 들어 온 미군은 3년 만에 일본으로 철수했다.

그 후 북한이 남한으로 밀고 내려온 6.25 전쟁이 일어났기 때문에 미군이 다시 한반도에 들어왔다.

그때 상황이 미군이 들어올 수밖에 없었던 상황 아니었나! 또

6.25 전쟁을 미국이 일으킨 전쟁도 아니고 사주했던 것도 아니지 않나!

6.25 전쟁은 현재까지 휴전협정에 의해 멈추어 있을 뿐이지 전쟁이 끝난 것도 아니다.

지금 미·일美·日의 입장에서 한반도의 전략적 필요성이 더 커졌는데 미군이 나가겠나!』

반론도 있었다.

『미국은 전쟁이란 수단으로 다른 나라의 영토를 빼앗지 않았을 뿐이지 다국적 자본을 이용해서 천연자원이 많은 나라의 경제를 무력화 시켜 경제적으로 속국을 만드는 제국주의 패턴을 버리지 않고 있다.

남미나 중동국가에서 그 예가 잘 나타나지 않나!

천연자원이 많아 그냥 놔두면 잘 살고 있을 나라에 기업을 앞세운 미국의 거대 자본이 들어가 경제를 휘저어 놓고 시장을 장악한다.

이건 해당 국가의 발전을 위하는 것이 아니고 순전히 미국의 이익만 추구하기 때문 아닌가!

전 세계에서 미국의 영향력을 약화 켜야 한다.』

만만치 않은 토론이었다.

그냥 놔 두면 논쟁으로 번질 기세였다.

돈담이 나섰다.

『한국에 미국 기업이 들어와서 사업을 하면서 이익만을 추구한
사례가 있기는 하다. 그런데 그 행위는 불공정행위의 수준이지 착
취의 수준은 아니었다. 그리고 현재 GM 자동차, 코카콜라, 맥도널
드 등 미국 상품이 한국에서 많이 판매되는 경우가 있고 경쟁력이
우위에 있는 경우도 있다. 그렇지만 한국의 경제를 움직이는 것은
삼성, 현대, LG 등을 비롯한 대기업과 한국의 중소기업들이다. 다
만 마이크로소프트웨어, 구글 등이 한국이 미처 앞서 나가지 못하
거나 가지고 있지 않은 특정 기술을 바탕으로 독점하고 있는 분야
가 염려스럽기는 하다. 그렇다고 이 기술을 받아들이지 않으면 경
제활동 자체가 어렵다. 이는 시장경제 논리를 바탕으로 하는 국가
에서는 어쩔 수가 없다. 중국도 이런 미국 기술들을 받아 들이고
시장경제를 도입해서 2000년에 벌써 GDP 순위가 세계 6위, 2005
년에 5위가 되었다.
　우리도 기술력과 자본을 더 키워 세계로 나가야 한다.
　세계를 지배할 수 있는 기술과 제품을 만들어야 한다.

물론 앞서 간 나라의 견제와 방해가 있을 것이다.

우리는 이러한 견제와 방해를 극복하고 여기까지 왔고 우리도 우리의 기술을 추월하려는 국가들을 방해하고 견제하고 있지 않나?!

경제는 경쟁에서 이기는 것이 사는 길이지 '탓'만 하고 있으면 되는 게 없다.

지금 우리나라에서 가장 취약한 분야가 '금융'이다.

한 방에 간다.

10년 전 IMF 구제금융 때 경험을 했음에도 지금 제대로 대비가 되고 시스템이 잘 작동하고 있는지 불안하다.

앞으로 토론할 때 체제나 이념의 논쟁은 하지 말자. 이에 대한 게임은 끝났다.

금강산 관광을 가서 북한의 내부를 얼핏 보고 그곳 사람들을 접해 보니 북한이 재래식 전력이 강하다고는 하나 한국과 전쟁을 하면 이길 수 없는 정도가 된 것 같더라.』

이들이 대단한 선견지명이 있는 것도 아닐 텐데

2008년 미국 거대 투자은행 '리먼 브라더스'가 낮은 금리를 바탕으로 하여 신용등급이 낮은 서브프라임 급의 사람들에게도 모기지론을 남발하였다가 채권회수가 되지 않자 파산했다. 이 사태가 전세계 금융위기를 촉발했다.

12위 수준을 유지하던 한국의 GDP 순위가 2008년에 15위로 하락했다. 1998년 IMF 구제금융사태 때 15위로 하락한 이후 10년 만에 두 번째 15위다.

1998년의 금융위기와 달리 2008년의 금융위기는 한국만 겪은 것이 아니고 전 세계적으로 일어난 일이었는데도 말이다.

이는 한국이 이만큼 대미 의존도가 높다는 징표이기도 하다.
주한미군이 있어서 대미 의존도가 높은 것일까?!
주한미군이 나가면 경제에 있어서 대미 의존도 낮아 질까?!
이는 분명 아닐 것이다.

우리의 경제가 대미 의존도를 낮춰야 하는 것은 분명하다.
시장경제에서 특정 국가에 대한 의존도를 낮추려면 그 상대국가의 기술, 금융을 포함 한 상품에 대한 경쟁력을 높여야 한다.
중국이 신흥 경제대국으로 부상하면서 한국의 대미 의존도는 반으로 줄어들었다. 중국이 경쟁국가가 되기도 했지만 한국의 새로운 시장이 되었기 때문이다.
중국도 한국과 같은 나라가 중국과 가까운 거리에 있고 기술과 경제에서 자국이 경제대국으로 성장하는 데 도움이 되었다는 것을 잘 알고 있을 것이고 알아야 하며 알게 만들어야 한다.

경쟁력의 확보는 국민과 국가, 경제인이 함께 해야 한다.

노무현 집권 3년 차인 2005년도에 우리나라의 GDP 순위가 10위로 정점을 찍었다.

정치인, 경제인 들은 이때의 상황을 분석해 참고할 필요가 있고 국민들도 그때의 기억을 더듬어 볼 필요가 있다.

정치인은 지지율을 먹고 산다.

국민들은 국가가 처한 상황을 잘 모른다.

정치인들 특히 국가지도자는 국가가 처한 상황을 국민보다 잘 안다.

지지율을 깎아먹어도 처한 상황에 따라 국가와 국민을 생각하는 정치인이 되어야 한다.

진보에 속한 노무현은 지지율이 떨어질 것을 뻔히 알면서도 이라크에 한국 공병대를 보냈고 과정이 조금 복잡하기는 했지만 천성산에 터널을 뚫어 경부고속철도의 개통에 기여했으며 한미FTA를 타결했다.

통일이 중요하지만 보수도 평화를 통한 통일에 대한 노력에 동참하고 잘한 것은 박수를 보내야 한다.

독일의 통일이 그랬듯이 과정은 복잡하고 길며 어느 날 통일이 자연스럽게 다가오게 만들어야 한다.

2008년 2월에 이명박이 대통령에 취임하였고 다음 해 2009년 5월 23일 노무현은 바위에서 뛰어내려 참으로 아까운 나이에 세상을 떠났다.

한국은 2009년 말에 원자력발전소를 UAE아랍에미리트에 수출하였다.

박사장과 명돈담은 늘 갓길로 벗어나는 동발모의 토론을 동두천 발전에 대한 주제로 힘껏 끌어당겼다.

2010년 봄 장필운이 한국을 방문해서 동발모에 참석했다.

박사장이 적극적으로 나섰다.

"동발모 회원 여러분 반갑습니다.

오늘은 멀리 뉴욕에서 온 장필운 사장이 모처럼 참석했습니다.

동발모가 몇 년 전부터 동두천 발전방안에 대해 토론을 해 왔는데 아직까지 구체적인 방안이 도출되지 않고 있어 마음이 조급합니다.

'동두천 대중음악도시 발전방안'에 대한 주제가 던져졌는데 이에 대한 구체적인 토론은 겉돌고 있습니다.

명돈담선생께서 생각해 둔 것이 있으면 한 번 말해 보시죠."

"세계에는 아주 유명한 음악도시가 몇 군데 있습니다.

오스트리아의 빈과 잘츠부르크, 스위스의 루체른, 독일의 베를린, 이탈리아의 로마나 베네치아 등.

이 도시들에서는 연중 클래식 공연을 하고 많은 음악도들이 몰려들어 공부를 하고 악기 등 음악 관련 산업이 번성한 것으로 알고 있습니다.

그런데 베를린이나 로마는 음악이 강한 도시이기는 하나 도시 규모가 너무 크고 음악 이외의 강점이 많은 도시라서 음악도시라는 느낌은 좀 약하고 빈, 잘츠부르크나 루체른 같은 도시는 다른 것은 별로 부각시킬 것이 없는 소도시라서 음악도시라는 인식이 강합니다.

동두천 시의 규모가 잘츠부르크나 루체른 같은 음악도시로 태어나기에는 아주 딱입니다.

동두천을 대중음악도시로 만들어 일 년 내내 공연이 펼쳐지고 거리에 대중음악이 흘러넘치게 하면 좋지 않을까?! 하는 생각입니다. 대중음악 전문대학도 만들고.

다행히 동두천에서 한국 록음악의 시원지 임을 내세워 매년 여름 록 페스티벌을 열고 있는데 기간이 이틀 정도이고 장소도 보산동, 종합운동장, 소요산 입구 특설무대 등으로 일정하지가 않아 붐이 조성되고 있지 않습니다.

또 동두천시가 2008년도에 도시브랜드를 '두드림 Do Dream'으로 정해서 사용하기 시작했습니다.

'꿈을 실행하다'라는 의미라고 하는데 한국말로 '두드린다'라는 뜻을 담고 있기도 한 것 아닐까요?!

이는 동두천시에서 시의 특장점으로 '음악'을 염두에 두고 있는 것 같아서 아주 고무적입니다.

한 개의 도시를 음악도시로 발전시키려면 장소와 공간, 기타 관련 된 도시환경 조성 등 많은 인프라가 구축되어야 할 겁니다.

다소 무모한 듯 하지만 우리가 이에 대한 기초계획을 수립하여 동두천시와 협의하는 것은 어떨까? 합니다."

장필이 맞장구를 쳤다.

"아주 좋은 생각입니다.

내가 살았던 동두천은 비록 외국 대중음악이긴 했지만 거리에 늘 음악과 춤 그리고 흥이 있었습니다.

거리가 살아 있었지요.

그런데 지금 동두천의 거리 특히 보산동은 관광특구로 지정되었음에도 불구하고 죽은 거리가 됐습니다. 마치 불 꺼진 사창가 같은 느낌이 강합니다.

우리 회원 중에는 건설교통부 출신 공무원도 계신데 누가 중심이 돼서 계획을 한 번 세워 보세요.

계획이 나와야 뭘 할 수 있는 것 아닙니까?!

계획을 세우실 때 '돈'을 너무 의식하지 마세요.

얼마가 들어갈지만 먼저 나오면 그다음은 그때 궁리를 해 보자구요.

계획에 따라 돈은 정부, 도, 시, 민간투자, 기부 등 조달할 수 있는 길이 얼마든지 있다고 봅니다.

미국에서는 이런 방식으로 좋은 사업을 많이 합니다."

역시 장필은 통이 크고 생각이 좀 남달랐다.

이렇게 해서

박사장, 명돈담, 김치국, 선승남이 소그룹을 이루어 '동두천 대중음악도시 발전방안'을 만들기로 의견이 모아졌다.

●● 지지점

서울시장 재임 중 청계천 복원과 교통시스템의 획기적인 개선에 힘입어 국민의 경제발전에 대한 기대로 대통령에 당선된 이명박은 예기치 않은 2008년 세계 금융위기와 광우병 사태, 4대강 운하 추진에 따른 에너지 소모로 한국경제를 한 단계 더 들어 올리지 못하고 GDP 순위는 2008년 15위 이후 임기 내내 14위로 횡보를 면치 못했다.

이 기간 한미관계는 훈풍이 불었지만 경제력이 급성장한 중국의 견제로 한반도에 서서히 역풍이 불기 시작한다.

중국은 2010년 GDP 순위에서 일본을 추월하여 2위를 차지했고 이후 계속 2위를 달리고 있다.

미국은 중국을 강하게 견제하기 시작한다.

미국의 이익을 보호하기 위해 어쩔 수 없는 일이고 당연한 일인지도 모르겠다.

　중국은 당하고만 있지 않고 반발한다.

　이즈음 동발모는 햇바하우스에서 긴 토론을 했다.

　참석자들이 공감하면서 주고받은 내용은 주로 이랬다.

『지금 한반도 주변의 정세가 1800년대 말 대한제국의 경우와 흡사하게 전개되고 있다.

　또다시 미 · 중 · 일 · 러美·中·日·露사이에 한반도가 끼었다.

　구한말과 다른 점은 한반도가 한국과 조민국으로 분단되어 있다는 것이다.

　한국은 경제 강국强國이고 조민국은 빈국貧國이다.

　상황은 구한말보다 훨씬 복잡하다.

　어떻게 해야 한반도가 지금보다 더 발전하고 통일도 할 수 있을까?!

　조민국은 빈국이니 한국이 중심이 되어야 한다.

　한국이 지지점支持點이 되어야 한다.

　지렛대나 시이소오의 지지점 말이다.

　전 세계에서 미 · 중 · 일 · 러 이 4개국을 모두 가장 잘 아는 나라는 역사적으로나 현실적으로 봐도 한국이다.

이 강점을 살려야 한다.

이제 한국에서 친미親美 반미反美 친중親中 사대주의事大主義 이런 단어는 사라져야 한다.

국가의 생존이 달려 있는 상황에서 이런 단어는 의미가 없다.

이 시기에 아주 중요한 것이 외교다.

유능한 외교관과 외교 전문가를 양성하고 중용해야 한다.

이들을 우대하고 이들이 우대받아야 나라가 산다.

경제인도 외교를 이해해야 하고 이를 위한 시스템을 지금보다 더 정교하게 구축해야 한다.

다른 나라가 눈치 채지 못하게 이를 보안화 할 필요도 있고 외교 분야 종사자들에게 국가는 더 많은 고급 정보를 제공해야 한다.

한편으로는 세계적으로 불기 시작한 한류韓流가 더 힘을 발휘할 수 있는 지지점 즉 거점據點도 튼튼하게 마련돼야 한다.

한류는 다시 말하면 한국문화의 바람風이다.

이 바람이 더 세게 전 세계로 불어야 한다.

미국은 1900년대 초 재즈를 바탕으로 한 대중문화를 기간산업이라 인식하고 이들이 전 세계로 뻗어 나갈 수 있는 여건을 만들어 주었다. 자연스럽게 미국적 이념이 밴 대중문화가 전 세계에 전파되어 미국이 세계를 지배하는데 큰 역할을 했다. 한국도 이 한류를 바탕으로 문화적으로 세계를 지배할 수 있다는 야망을 가져야 한다.

문화를 지배하는 나라는 결코 쉽게 망하지 않는다.

그렇다고 문화에 국가 즉 관官이 깊숙하게 개입하면 안 된다.

관은 장애만 제거해 주고 판만 깔아 주면 된다.

관제문화官製文化가 성공한 예는 없다.

앞서 말한 미국의 시도를 벤치마킹할 필요가 있다.

미국은 대중문화의 중요성을 인식하고 지원했지 로드맵을 만들어 민간인을 따라오라고 하지 않았다.

간섭이나 제재를 하지 않고 판을 깔아 준 것이다.

이러니 '동두천 대중음악도시 발전방안'을 만들기로 한 소그룹은 빨리 안案을 만들자.』

토론이 끝날 무렵 박사장이 한마디 했다.

"요즈음 소녀시대 같은 아이돌 음악을 보면 예전 동두천 클럽에서 춤추던 백댄서들이 밴드 없이 가수로 나와 전자음악에 맞춰 춤추고 노래 부르는 거 같아!"

모두가 "맞네!"를 외쳤다.

이명박의 임기 4년 차인 2011년 7월에 제23회 2018년 동계올림픽 개최지로 한국의 평창이 결정되었다.

4인의 소그룹은
어떻게 하면 동두천을 K-Pop의 거점으로 만들까를 고민하며 머리를 맞대 나갔다.

2012년 5월 22일 'K-Pop의 고향 동두천'이란 책이 발간되었다.
경기도와 동두천시가 후원해서 멋진 세상에서 펴낸 책이다.

이 책이 던진 메시지는 한국 대중음악 'K-Pop의 시원지始原地는 동두천이다'라는 것이었다.

다행이었다.
동두천시가 2008년도에 도시브랜드를 Do Dream두 드림으로 정한데 이어 이 책의 출간을 후원했다는 것은 동두천시가 음악 특히

K-Pop이란 대중음악에 초점을 맞춰 지속적인 관심을 가지고 있음을 의미한다.

동두천은 시세市勢가 워낙 약한 소도시로 여러 제약이 있음에도 불구하고 침체된 동두천을 살리기 위해 많은 노력을 하고 있다는 것을 알 수 있는 대목이다.

소그룹이 용기백배하여 1차 작성한 '동두천 대중음악도시 발전방안'은 다음과 같았다.

동두천 대중음악도시 발전방안
1. 동두천은 K-Pop의 시원지로서 동두천시를 대중음악 중심
   도시로 발전시켜야 한다.
2. 동두천 관광특구를 대중음악 특구로 만든다.
3. 2018년 반환예정인 '캠프 모빌' 미군부대 공여지에
   대규모 '뮤직 돔'을 지어 연중 K-Pop공연이 펼쳐지는
   K-Pop의 성지聖地로 만들어 국내는 물론 전 세계에서
   일년 내내 팬들이 찾아오게 한다.
   ■ 뮤직 돔 건설은 민자民資로 추진함을 원칙으로 한다.
4. 인천공항과 서울에서 1시간 이내에 동두천까지 접근 가능한
   철도, 도로 등의 인프라 구축을 정부에 제안한다.

또한 폐선된 서울 교외선 철도를 복원해서 인천공항에서
서울 교외선을 경유하여 동두천까지 K-Pop열차의 운행을
제안한다.

5. 관광객이 동두천에서 머물 수 있도록 숙박시설을 확충
한다.

4인 소그룹은 아주 거창한 발전방안을 마련해서 2012년 추석 전
에 열린 동발모 정기모임에 제시했다.

●● 도모

2012년 9월 28일 금요일

햇바하우스에서 동발모 정기모임이 열렸다.

내일모레가 추석이라 인디콘의 정미소와 장필 패션의 장필운, 윤선애 등 회원 전원이 참석했다.

박사장, 김치국, 선승남, 명돈담이 번갈아 '동두천 대중음악도시 발전방안'에 대한 설명을 했다.

회원들의 얼굴에는 화색이 돌았으나 한동안 말이 없었다.

계획은 환상적이었지만 정말 꿈dream과 같은 얘기였기 때문이었다.

황송암이 침묵을 깼다.

"근데 이 방안의 핵심은 '뮤직 돔'을 만드는 일인 것 같은데 왜 민간자본이 들어가야 하지요?!"

김치국이 답했다.

"이 뮤직 돔을 정부에서 짓도록 하면 예산타령에다 뭐다 어느 세월에 될지 모르고 대중음악 전문공연장의 건설 및 운영에 관合이 개입하면 절대 활성화가 되지 않습니다. 효율과 창의성도 떨어지구요. 그래서 민자로 해야 한다는 것입니다."

맞는 말이었다.

장필운이 물었다.

"그런 거 하나 짓는데 얼마나 들까요?"

"반환되는 미군부대 공여지를 제공받는다면 부지 값은 들지 않을 거고 건축비만 한 2천억에서 5천억 들 겁니다."

참석자들이 동시에 비명처럼 "예?!"란 외마디를 질렀다.

김치국이 또 답을 했다.

"현재 한국에는 돔구장이 없습니다.

서울시에서 구로구에 돔야구장을 짓고 있는데 수용인원이 2만 명 정도이고 시설이 그다지 뛰어나지 않습니다.

그런데 건축비만 대략 2천억 정도 소요된답니다.

동두천 뮤직돔을 수용인원 5만 명 정도의 세계 최고 대중음악 전문공연장으로 짓는다면 약 5천억은 들어갈 겁니다."

모두 말이 없었다.

명돈담이 거들었다.

"동두천을 대중음악 전문도시로 만들려면 거기에 걸맞는 상징성을 갖춘 시설이 있어야 합니다.

뮤직 돔을 상징물로 만들고 대중음악 공연이 연중 펼쳐져야 하는데 세계적인 뮤지션들이 와서 봐도 흠잡을 데가 없어야 하고 대중음악은 클래식과 달라서 청중이 분위기를 좌우하는데 객석에서 일어나 같이 춤추며 흥을 내고 호응해서 공연장이 흥분의 도가니가 돼야 한다는 것이죠.

우리나라는 물론이고 세계적으로도 대규모 대중음악 전문공연장이 있는 나라는 아직 없습니다.

여러분께서도 잘 아시다시피 대중음악 공연은 주로 체육관, 야구장 등 운동장이나 컨벤션센터 등에서 이루어지는데 일본에서는 주로 야구를 하는 돔구장에서 공연을 많이 합니다.

우리나라에서 어쩌다 클래식 전용무대인 세종문화회관, 예술의 전당 등에서 유명가수의 공연이 열리기도 하는데 예술의 전당 콘서트홀의 객석이 2천 5백여 석에 불과합니다.

그 유명한 뉴욕의 카네기홀의 대형 콘서트홀이 2천 8백여 석이고 시드니의 오페라하우스 콘서트홀이 2천 7백 석입니다.

K-Pop 같은 대중음악을 공연하기에는 맞지 않는 것이죠.

동두천에 5만 석 규모의 대중음악 전문공연장이 들어선다면 세계적으로 주목을 받게 될 것이고 전 세계의 유명 뮤지션들이 이 뮤직 돔에서 공연 한 번 하는 것이 소원이라는 말이 나오게 될 것입니다.

왜? 돔으로 지어야 하는지는 말씀드리지 않아도 아시겠죠?"

한 사람이 거들었다.
"이왕 지을 거면 비가 오나 눈이 오나 사시사철 공연 가능한 돔으로 가는 게 낫지요!"

장필운이 긴급 제안을 했다.

"여기 계신 여러분!

오늘이 추석 전 날인데 추석 다음 날 9월 30일 오후 세시쯤 여기서 다시 모일 수 있을까요?

제가 정미소 사장, 윤선애 사장하고 그동안 의논해 오던 게 있는데 마무리 의논을 해서 그날 말씀드리도록 하겠습니다."

이들은 모레 오후 세시에 다시 햇바하우스에서 만나기로 하고 헤어졌다.

그 날 햇바하우스는 적막에 싸였다.

2년 전 권종칠의 아버지가 돌아가셔서 동발모 회원 등 평소 이곳을 이용하는 지인들이 찾아와서 이용하지 않으면 빈 집이 되는 것이다.

햇바하우스에 하루 머물려던 계획을 취소 한 정미소와 장필운, 윤선애는 추석 전후 1주일간 예약 해 놓은 장충동 반얀트리 호텔로 같이 이동했다.

반얀트리 호텔은 구 타워호텔을 대대적으로 리모델링해서 새로 문을 연 호텔이다.

정미소와 장필운이 서울에서 숙박을 할 때는 변함없이 이곳을 이용한다.

반얀트리 호텔의 조용한 문바Moon Bar에 셋이 모여 앉았다.

장필이 말을 꺼냈다.

"그동안 우리 셋이서 의논해 온 계획을 모레 발표하는 게 좋을 것 같은데 너희 둘 생각은 어때?"

미소와 선애가 좋다고 동의했다.

"금액도 그대로지?"

둘은 그렇다고 했다.

"돈은 내년 5월 5일까지 일시에 내기로 하자!

차질 없겠지?!"

둘은 또 그렇다고 했다.

셋이서 늦게까지 기분 좋게 마시며 정담을 나누고 헤어졌다.

2012년 9월 30일 일요일 오후 3시

햇바하우스에 동발모 회원 전원이 다시 모였다.

장필이 약간 긴장한 표정으로 자리에 일어섰다.

"동발모 회원 여러분!

정미소 사장과 제가 미국으로 건너 간지 30년이 되었습니다.

정미소 사장은 다 아시는 바와 같이 곡물 유통으로 큰돈을 벌었습니다.

저도 윤선애와 공동으로 사업을 해서 꽤 성공한 편입니다.

우리 셋은 동두천 발전을 위해 좋은 일 좀 해 보자고 3년 전부터 의논을 해 왔습니다.

그런데 그저께 동발모에서 내놓은 '동두천 대중음악도시 발전방안'을 듣고 우리의 계획을 실행에 옮기기로 그저께 의견을 모았습니다.

우리가 기부를 할 테니 이 기부금을 바탕으로 재단법인 '동두천 발전재단'을 만들어 그 재단이 중심이 돼서 '동두천 대중음악도시 발전방안'을 추진했으면 좋겠습니다.

동두천 발전재단에 정미소 사장이 1천억, 저 장필운이 5백억, 윤선애사장이 5백억 이렇게 2천억을 내년 즉 2013년 5월 5일까지 기부 완료하도록 하겠습니다."

탄성도 있었지만 말도 안 된다는 표정을 지은 사람이 더 많았다.

한동안 침묵이 흘렀다.

박사장이 말을 꺼냈다.

"아니 그게 가능한 얘기예요?"

박사장은 아직도 얼떨떨 했다.

장필이 정미소 사장과 윤선애 사장에게 직접 얘기를 하라고 말했다.

정미소가 일어섰다.

"천억이 면 좀 크지요?!

저 돈 많이 벌었습니다.

이제 쓸 때가 됐어요.

제가 통 크게 기부할 테니 부디 동두천이 세계적으로 빛나는 도시가 될 수 있게 여러분께서 애 좀 써 주세요.

잘 부탁드립니다!"

정미소는 오히려 이들에게 부탁을 했다.

그만큼 속이 깊고 동두천에 대한 애정이 컸다.

윤선애가 일어섰다.

"제가 나선다는 게 좀 쑥스럽네요.

학교 졸업하고 지금까지 돈만 벌어 왔고 벌만큼 벌었습니다.

저도 이제 써보고 싶은 나이가 됐고

제가 동두천이 없었다면 장필운사장을 만나지 못했을 거고

장필운사장이 없었다면 이렇게 큰 돈을 벌 수 없었을 겁니다.

정미소 사장과 장필운사장이 3년 전 동두천 발전을 위해 기부 계획을 의논할 때 저도 끼어 달라고 했습니다.

정말 동두천이 유쾌하고 아름다운 도시가 됐으면 좋겠습니다.

　감사합니다!"

박수와 함성이 터졌다.

장필운이 마무리 발언을 했다.

"추석이라 많이 바쁘실 텐데 두 번씩이나 이렇게 모여 주셔서 감사합니다.

동두천 발전재단 설립에 관한 문제는 권종칠 변호사와 따로 구체적인 의논과 진행을 해서 나중에 다시 여러분께 알려드리도록 하겠습니다."

일행이 돌아가고 권종칠, 박사장, 장필운, 정미소, 윤선애가 햇바

하우스에 남았다.

　종칠과 장필이 먼저 대화를 나눴다.

　"너희들 사업 접는 거냐?!"

　"아냐!

　정미소는 지금처럼 현역으로 계속 일 할 거고 선애와 나는 2선으로 물러나는 준비를 하고 있어!

　미국에 있는 법인은 모니카, 한국에 있는 법인은 잭슨이 맡아서 할 거야.

　선애와 나는 그때부터 좀 쉬려고."

　"미소와 필운이는 국적이 미국이라 한국에 기부하는 것이 쉽지 않을 텐데."

　"그 문제는 우리가 알아봤어.

　미소와 나 각 각 한국 법인을 통해서 하면 별 문제없어."

　"필운이와 선애는 2선으로 물러 나면 뭐 할 건데?"

　"주로 한국에서 지낼 거고,

　여유를 가지고 몇 년 쉬다보면 할 일이 또 생기겠지?!

　2017년부터 실행할 생각이고 서울, 부산, 목포, 제주에 거처를 마련해서 3개월씩 돌아가며 살아 보려구.

　4년 살다 보면 이 네 곳의 4계절을 다 살게 되는 거고 한 곳에 1

년씩 머무는 방법은 좀 지루 할 것 같아서 이런 생각을 했지.

동두천은 서울에서 가까우니 서울에 포함시키고.”

“야! 참 멋있는 생각이다.

그거 부럽네!”

“근데 종칠아!

재단을 만들면 이사장이 있어야 되잖아.

그 이사장은 종칠이 네가 좀 맡아 줘라.”

“그야 어려운 일 아니지.

맡겨만 주면 내가 열심히 해 볼게.

동두천을 위하는 일인데!”

“고맙다!”

이번엔 장필이 박사장에게 말을 건넸다.

“사장아!”

“응?!”

“몇 가지 부탁할 게 있다!”

“말해 봐!”

“재단 이사장은 종칠이가 맡는다고 했고.

지금 소그룹을 준비위원으로 전환해서 종칠이를 도와줘라.

지금 준비위원에 차심산을 추가로 넣어.

동두천 토박이에다가 사소한 일을 맡아서 할 사람도 있어야지."

"알았어. 그렇게 할게."

"그리고 재단이 설립된다고 다 끝나는 게 아냐.

이제 시작일 뿐이잖아!"

"그야 그렇지!"

"계획을 실행하려면 시행사를 만들어야 돼.

재단법인은 영리 사업을 할 수 없어.

그 준비는 네가 해라.

종칠이와 수시로 의논해서.

그리고 시행사가 설립되면 그 대표는 네가 맡아라!"

"응? 내가?"

"내가 생각해 봤는데 네가 적격이야!

어려운 일은 종칠을 비롯한 멤버들에게 자문을 받으면 되고.

내가 주제넘게 이런 말을 하는 것은

미소, 선애와 다 의논이 끝났기 때문이야!

사실 재단 지분이 미소가 제일 많기 때문에 미소에게 결정권이

있는데 미소가 나에게 다 일임을 했어!"

"알았다!

힘닿는데 까지 열심히 할게"

"우리의 발전방안을 추진하려면 재단 기금 2천억 가지고는 턱없

이 부족할 거야!

이 부분은 명돈담씨 하고 의논하면 해결방법이 나올 거다.

내가 간혹 그 양반하고 대화를 나눴는데 아는 것도 많고 배포가 크더라. 배짱이 있어.

그럼에도 그 양반이 말 수가 적더라.

그런 놈이 사업엔 꼭 필요해!

그 양반 잘 챙겨라.

무시하지 말고.

내가 그 양반한테 고만운 건

그 사람은 동두천이 고향도 아닌데 동두천에 대한 애정이 아주 커! 아니 동두천에 대한 애정이라기보다 사물과 사실을 인식하는 안목이 높고 마음이 선해!"

"어떻게 그 사람을 그렇게 잘 봤냐?

그 사람은 내가 더 잘 알아!

그러니 걱정 마!

우리에게 많이 도움이 되는 사람이야!"

"네가 그렇게 생각하니 마음이 놓인다!"

"한 가지 더 부탁은

동두천 발전방안을 세부화 할 때 동두천을 음악과 더불어 패션

거리로도 만들었으면 하는 바램이 있다.

내가 동두천에서 태어나 미국에 가서 패션과 의류로 돈 번 사람 아니냐. 그래서 그래!"

"알았어.

그 부분도 명돈담씨와 의논해 볼게."

"응? 명돈담?"

"아까 니가 말했잖아.

그 사람 안목과 시야가 넓다고."

"아! 그랬지.

너도 그 양반 믿는구나?!"

"야! 그 양반 종칠이 때문에 만났는데 지금은 종칠이보다 나하고 더 친해!"

"그래? 역시 사람이란 건 통하는 데가 있어.

내가 성공한 거의 8할은 사람을 잘 만났기 때문이야!

내가 사장이와 선애가 없었으면 오늘 같이 됐겠냐?!"

"이놈이 종칠이하고 미소 옆에 놔두고 별 얘기 다하네.

그럼 종칠이하고 미소는 뭐가 되냐?"

"뭐가 되긴, 둘은 선생이지!

친구라고 다 같은 친구가 아냐.

급이 있어.

사장이 너는 내 남자 친구고 선애는 내 여자 친구!
종칠이와 선애는 우리들의 선생!
됐냐?!"

종칠이 슬그머니 일어나더니 홈바에서 칵테일 다섯 잔을 만들어
왔다.
종칠의 칵테일 솜씨는 이미 소문 나 있었고 술에 대한 해박한 지
식을 가지고 있다.
칵테일을 한 잔씩 권하며 종칠이 물었다.
"느 둘은 평생 혼자 살 거냐? 결혼 들 안 해?"

장필이 능청을 떨었다.

"선애가 결혼을 해야 내가 하지!
선애 너 결혼할 생각 없냐?"
"생각 중이야!"
"남자 생겼어?"
"그것도 생각 중!"

다섯은 박장대소했다.

장필이 종칠에게 내년에 동두천 발전재단이 설립되면 햇바하우스를 사무실로 쓰면 어떻겠냐는 제안을 했고 종칠이 흔쾌히 승낙을 했다.

 이들의 대화는 이렇게 유쾌하게 끝났다.

●● 실행

　동두천 발전재단 준비위원회가 구성되었다.

　위원장은 권종칠, 위원으로 박사장, 김치국, 명돈담, 선승남, 윤
선애, 차심산이 선임되었다.

　이들은 동발모와는 별개로 박사장의 사무실에 모여 재단 설립
준비에 들어 갔다.

　우선 설립목적과 정강 등을 만들어야 했다.

　이들이 장필의 의견을 반영하고 머리를 짜낸 설립목적은 다음과
같았다.

동두천 발전재단 설립 목적

　미군부대의 주둔으로 탄생한 신생도시 동두천이 주한미군의 감축과 부대 이동배치에 따라 침체의 길을 걷고 있어 동두천시를 새로운 문화도시로 재탄생시키는 큰 역할을 하기 위해 이 재단을 설립한다.

　본 재단은 동두천이 문화도시가 되기 위해서는 K-Pop 시원지로서의 특성을 살려 한국의 대중음악 중심도시가 되어야 하고 한국의 섬유, 패션산업의 발전에 기여한 것에 주목하여 동두천시를 음악 · 패션 · 관광 중심의 문화도시로 만드는 사업을 발굴하고 지원한다.

　2013년 2월 25일 박근혜가 한국 최초의 여성 대통령으로 취임하였다.

　2013년 5월 5일 동두천 발전재단 설립을 위한 정미소, 장필운, 윤선애의 기부금 출연이 완료되었다.

　동두천 발전재단의 설립을 위한 모든 행정절차가 끝났고 2013년 9월 18일 추석 전날에 햇바하우스에 동발모 회원이 전원 참석하여 재단 발족식과 권종칠 재단 이사장 취임식을 열었다.
　외부인사도 몇 명 참석하였으나 번잡할 필요가 없는 재단의 속성을 고려해서 일부러 추석 전날 휴일에 행사를 한 것이다.

김치국은 재단의 상근이사로 임명되었고 IMF 구제금융사태 이후 이 직장 저 직장을 옮겨 다니던 황송암, 차심산은 상근직원이 되어 본격적으로 업무를 시작했다.

재단과는 별도로 박사장, 김치국, 명돈담, 서천평, 선승남, 윤선애, 황송암, 차심산을 구성원으로 하는 '동두천 발전방안 실행을 위한 TF태스크포스 Task Force' 약칭 '동발 TF'를 구성하였다.

박근혜 대통령은 2014년 1월 6일 내외신 기자회견에서 '통일은 대박'이란 발언을 했다.

통일이 국민의 염원이기는 하지만 국가지도자는 외교관계, 국제 정치상황을 고려하여 신중하게 써야 하는 단어를 너무 쉽게 썼다. 통일이 멀지 않다는 메시지를 담았다고 생각되는 데 국제사회와 조민국이 한국을 부쩍 경계하게 만든 발언이었다.

2014년 4월 13일에 제20대 국회의원 선거가 있었고 4월 16일 에는 세월호가 침몰하여 304명이 사망하는 참사가 일어났다.

국가의 어수선함과는 상관없이 동발 TF는 바지런히 움직였고 동두천시청, 경기도청, 미 8군 사령부, 국방부, 국회를 열심히 찾아다니며 동두천 발전방안을 설명하고 공감을 형성해 나갔다.

다행인 것은 동두천시가 재정, 규모 등에서 열세임에도 불구하고 전국적으로 지명도가 높은 도시이고 현안문제가 무엇인지를 관계기관에서도 잘 알고 있었으며 동두천시에서 추진하는 사업의 방향도 바람직한 부분이 꽤 있었다.

동두천시에서는 2015년부터 빈 상점을 리모델링하여 공예공방을 유치하는 디자인아트빌리지 사업과 케이-록K-Rock빌리지 사업 그리고 보산동 일대에 그라피티 아트Graffiti Art벽 등에 그림을 입히는 예술작업을 시작하였다.

2015년 3월 13일에는 소요산역 동쪽에 있는 미군부대 캠프 캐슬이 반환되었다.

캠프 캐슬은 미 2사단 보병이 주로 주둔하였던 곳으로 병력이 평택 캠프 험프리스로 이동하여 주둔지가 반환된 것이다.

이제 동두천에 남은 미군의 숫자는 얼마 되지 않았고 동두천 시내는 그만큼 썰렁해졌다.

반환된 캠프 캐슬 부지는 경북 영주시 소재 동양대학교가 사 들여 북서울캠퍼스를 조성하고 공공인재학부, 안전공학부, 게임학부, 디자인학부, 공연 영상학부를 만들어 2016년 개교하였다.

동두천시에서는 심혈을 기울여 동두천의 쇠락을 막고 부활하기 위해 많은 노력을 기울이고 있지만 현실은 그렇게 녹록지 않아서 애써 열은 공방 중에는 문을 닫아 놓은 곳이 많고 케이 록 빌리지 사업으로 보산동에 '더 드림 뮤직센터'를 개관하였으나 저변이 확산되지 않고 있다.

2007년에 반환받은 캠프 님블 부지는 수변공원을 조성하였고 150세대 규모의 군 관사 공사가 진행 중인데 동두천 발전에 크게 도움이 되는 사업이 아니다.

동두천 발전재단이 하고자 하는 일은 이런 동두천시를 활력이 넘치는 꿈과 희망의 도시를 만드는 것이고 대중음악 · 패션 · 관광 산업을 기반으로 한 문화도시를 만드는 것에서 그 방법을 찾으려는 것이다.

동발 TF는 더 열심히 발품을 팔았고 머리를 싸맸다.

2016년 7월 미국의 고고도 미사일 방어체계인 사드THAAD Terminal High Altitude Area Defense의 한국 배치가 발표되었고 한국에 대한 중국의 보복이 시작되었다.

2016년 9월에 최순실 국정농단 사건이 불거졌고 분노한 시민들이 촛불을 들고 나와 박근혜 퇴진운동을 벌였다.
2016년 12월 9일 국회에서 박근혜 탄핵소추 안이 가결되었다.

2017년 1월 20일 미국 제45대 대통령으로 도널드 트럼프가 취임하였다.

이때 장필운은 다른 사람에게는 알리지 않고 조용히 서울로 들어 와 1월 29일 설 다음 날 저녁 반얀트리 호텔 문바Moon Bar에서 선애를 만난다.

"선애야!
내가 너에게 청혼한 거 기억하냐?!"
"2000년 4월 19일 뉴욕에서 만났을 때
2017년 4월 19일 결혼하자고 했지!
왜?! 마음 변했어?!"
"그럴 리가 있나!
그 약속 지키기 위해 지금 너를 만나고 있잖아!

앞으로 세 달 남았는데 너 괜찮아?"

"뭐가 괜찮냐는 거야?"

"세 달 후에 결혼하는데 시간이 너무 촉박한 건 아니냐고."

"야! 이놈아!

내가 네 청혼을 받아들인 거로 치고 말하는 거야?!

내가 네 청혼받아들였어?"

"Yes도 안 했지만 No도 없었잖아?!"

"그래도 이놈아! 나한테 Yes를 받고 일을 추진해야지!"

"그렇기는 하네. 지금 해 Yes!"

"한 가지 물어볼 게 있는데 '모니카' 하고는 완전히 정리됐냐?!"

"아! 그때 그 협약서 때문에 그러는구나?

그거 모니카 결혼 전에 벌써 찢어 버렸고

너도 알다시피 우리 회사 직원으로 열심히 일하고 있잖아.

의류업계에서 그만한 능력자 구하기 힘들다.

너도 알다시피 내가 심플한 놈 아니냐!

나 모니카에게 집적 댄 적 없어!"

선애는 반신반의하는 표정을 지어 보였지만 내심으로는 '내가 네 놈이 한 짓을 모를 줄 알고?'라고 하며 혼자 속으로 웃어넘기고 말았다.

장필이 다시 진지한 표정을 지으며 말을 이었다.

"야! 선애야!

우리 4월에 결혼하면 초등학교 1학년 때 우리가 만났으니 54년 연애하고 결혼하는 거다!

그전에 내가 너를 자빠트리고 가질 수도 있었지만 지금 이 순간을 위해 참아 왔다!

우리 젊었을 때 결혼했으면 벌써 헤어졌을 수도 있어!

우리 지금까지 다툼 한 번 없이 54년을 연애해 왔는데 앞으로도 그렇게 살자!

나 자신 있어!"

"애는 어떻게 할 건데?!"

"나는 자신 있어!"

"뭐가?!"

"낳을 자신 있다고!"

"이놈 좀 봐라!

너야 그렇다 치고, 내가 이 나이에 애를 낳아!?"

"그게 좀 그렇지?"

"우리 애 없이 그냥 살자!"

"너 괜찮겠냐?!"

"너만 있으면 돼!

내가 지금 이렇게 멀쩡하게 살아 있는 것은 다 너 때문이야!"

장필이 감격해서 외마디를 질렀다.

"정말?!"

선애가 말했다.

"그럼 내가 결혼계획을 말해도 돼?"

"그럼 되지! 말해 봐!"

"결혼식은 햇바하우스에서 간단히 하자!

그리고 네가 2012년 추석 때 큰돈을 재단에 기부하기로 발표 한 뒤 서울, 제주도, 부산, 목표에서 3개월씩 돌아가며 살고 싶다고 친구들 앞에서 말한 적 있지?

그것도 그렇게 하자!

우리 4월 19일 결혼하면 바로 제주도로 가서 6월 말까지 살자.

그다음 어디 살지는 네가 정하고.

내가 서울에 넓지도 좁지도 않은 오피스텔 하나 하고 서귀포에 자그마한 주택 하나 마련 해 뒀는데 서울하고 제주도에 살 때는 그 집에서 살자.

부산하고 목포에 살 곳은 네가 마련해라!

단, 서울 하고 제주 집은 결혼과 동시에 너하고 공동명의로 바꿀 테니 그리 알고 부산, 목포 집도 공동명의로 하자!

그리고 누가 먼저 죽을지 모르지만 우리 둘 다 죽으면 이 집들은 동두천 재단에 기부하는 거로 미리 정해 놓자!

이게 네 청혼에 대한 나의 승낙 조건이야!"

"그대로 따를게!"

문바Moon Bar 창밖의 밤하늘은 온통 별 밭이었다.

저 별밭에 달이 스며 올라 둥그런 보름달이 되겠지.

달은 다시 기울어 별밭만 남겠지.

아쉬울 것도 절망할 것도 없어.

달은 다시 또 차오르니까!

중요한 것은

초승달이든 보름달이든 그믐달이든 상관없어!

달은 초승도 보름도 그믐도 똑같은 달일 뿐이야!

필운이도 선애도 달처럼 그렇게

변함없이 살아왔고 살아갈 것이다.

이렇게 필운과 선애의 결혼계획은 구체화되었다.

필운이 박사장과 명돈담을 따로 만나 4월 19일 결혼식을 도와줄
것을 부탁했고 손님은 동발모 회원만 불러달라고 말해 두었다.

그리고 미소 부부와 모니카 부부에게도 4월 19일에 햇바하우스
로 와 줄 것을 미리 알렸다.

명돈담은 박사장에게 그동안 진행된 동두천 발전방안을 이날 발
표하자고 제안했다.

2017년 3월 10일 대한민국의 헌법재판소는 박근혜를 대통령직
에서 파면하였다.

2017년 4월 19일 수요일 오후 2시
햇바하우스 실내의 스마트보드가 설치된 메인공간에 동발모 회
원 전원과 정미소 남편, 모니카 부부, 잭슨 이렇게 16명이 모였다.

"동두천을 사랑하시는 여러분!
지금부터 동두천 발전재단에서 수년간 공을 들여 만든
'동두천 문화도시 발전방안'을 프리젠테이션하도록 하겠습니다.
이 사회는 박사장님이 보셔야 하나 오늘 하셔야 할 일이 많기 때
문에 저 명돈담이 나섰음을 양해해 주십시오.

동두천 문화도시 발전방안은 첫 번째 추진 개요 두 번째 발전방안 세 번째 인프라 구축방안 이렇게 세 분야로 나뉘어져 있는데 첫 번째는 제가 두 번째는 선승남 건축사 세 번째는 김치국 이사님께서 설명을 드리도록 하겠습니다.

동두천 문화도시 발전방안

Ⅰ. 추진 개요 명돈담
- 한 때 미군이 2만 명 가까이 주둔하던 동두천이 이제는 3천여 명 밖에 남지 않았고 이 미군들도 2020년이면 평택으로 모두 이전배치될 예정이다.
- 미군이 빠져나간 동두천은 입지적으로 베드타운이나 산업단지로는 경쟁력이 강한 도시로 재탄생하기에 적합하지 않다.
- 동두천을 사랑하는 여러분이 쇠락의 길을 걷고 있는 동두천을 이대로 방치할 수 없다는 데 뜻을 같이 하고 '동두천 발전재단'을 만들었다.
- 동두천 발전재단에서 수년간 연구를 한 결과 동두천시를 대중음악 · 패션 · 관광 중심의 문화도시로 부흥 · 발전시켜야 한다는데 의견을 모으고 다음과 같은 방안을 도출하였다.

Ⅱ. 발전 방안 선승남
- 2018년 반환예정인 약 6만 평0.21㎢의 '캠프 모빌' 공여

부지에 5만 석 규모의 대중음악 공연시설 가칭 "더 드림 K-Pop 돔The Dream of K-Pop Dome, 이하 약칭 '더 드림 K-Pop 돔' 이라 함"을 건설해서 연중 K-Pop 공연이 펼쳐지도록 하여 국내는 물론 전 세계에서 관광객이 찾아 오는 K-Pop의 성지聖地이자 동두천의 상징물로 만든다.

■ "더 드림 K-Pop 돔'은 이조백자 달항아리의 외관을 갖춘 형태로 건설하며 객석 이외의 내외부 공간을 활용하여 기획사, 대중음악, 댄스 등 대중음악 관련 업종과 패션몰을 입주시켜 공연 관람과 쇼핑을 원스톱으로 할 수 있고 뮤지션들이 연습하며 휴식 할 수 있는 복합 돔의 기능을 갖춘다.

■ '더 드림 K-Pop돔'은 민간인 투자사업인 BTO Build Transfer Operate 민간 사업자가 직접 시설을 건설해 정부, 지방자치단체 등에 기부채납 하는 대신 일정기간 사업을 수탁경영을 해 투자금을 회수 방식으로 건설하여 준공 후 소유권은 동두천시에 귀속시키되 사업시행자가 30년간 관리 및 운영을 한다.

이 사업의 시행을 위하여 동두천 발전재단, P건설 외 건설사, A엔터테인먼트 등이 컨소시엄을 구성하여 가칭 '더 드림 주식회사'를 설립한다.

동두천 발전재단은 항상 '더 드림 주식회사'의 지분 51% 이상을 유지하도록 출연하며 대표이사는 박사장이 맡기로 한다.

사업에 부족한 자금은 PF Project Financing를 통하여 조달
한다.
　사업부지는 동두천시와 협의하여 무상으로 제공받는다.

■ '더 드림 K-Pop 돔'은 대중음악 공연시설로는 세계 최고의
　시설을 갖추어야 하며 필요시 피겨스케이트 같은 빙상경
　기나 농구 등 실내경기도 할 수 있도록 건설한다.

■ 더 드림 주식회사는 본 K-Pop 돔과 연계시켜 인접한 동두
　천 관광특구를 대중음악과 패션 중심의 거리로 조성하는
　청사진을 마련하여 동두천 시청에 제공한다.

■ 동두천 발전재단은 동두천 문화도시의 효율을 극대화하
　기 위해 동두천시가 경기도, 양주시와 섬유 · 패션산업 협
　력에 관한 MOU Memorandum Of Understanding 양해각서 연천
　군의 DMZ 생태평화벨트와 연계한 관광협력 MOU체결을
　할 수 있도록 기초자료를 제공한다.

Ⅲ. 인프라 구축방안 김치국
　위의 추진방안이 성공하려면 동두천시로의 접근성이 용이
하여야 하며 이를 위한 철도, 도로, 숙박시설 등 인프라 구축
을 위한 기초자료를 국회, 정부, 경기도, 동두천시에 제공하
여 관철시킨다.
■ 현재 의정부까지 계획되어 있는 GTX C노선을 동두천까

지 연장하여 인천공항에서 동두천까지 철도로 최단시간
에 이동
- 폐선된 서울 교외선 철도를 복원하여 인천공항에서 교외
선 철도를 경유 동두천까지 K-Pop열차 운행
- 서울 외곽순환도로 동두천 연결 IC 건설
- 턱거리에서 신천까지의 동두천을 활용한 품격 있는 친환
경 수변水邊 위락공원 조성
- 1,480개의 병상을 갖추고도 20년이 넘도록 개원하지 못하
고 있는 동두천 제생병원을 호텔로 변경하여 숙박시설을
확충하는 프로젝트를 대순진리회, 동두천시와 협의하여
추진
- 동양대학교와 협의하여 동두천 북서울캠퍼스에 대중음악
학부 일명 'K-Pop학부' 신설을 추진

이렇게 동두천 발전재단의 '동두천 문화도시 발전방안'이 확정되
어 발표되었다.

부연설명이 이어졌다.

먼저 명돈담
"제가 이 발전방안의 현장조사를 위해 작년 8월에 오키나와를 다
녀왔습니다.

여러분이 잘 아시다시피 오키나와는 타이완과 규슈 사이에 있는 여러 섬으로 구성된 일본 오키나와현縣의 고구마처럼 생긴 중심섬 인데 2차대전 종전 후 1972년까지 미국의 지배하에 있다가 반환된 섬입니다.

군사요충지로 주일미군 전력의 75%가 이곳에 있어서 미군기지 의 섬이라 해도 과언이 아닙니다.

지금도 가데나 공군비행장, 후덴마 해병대 비행장, 해군기지, 아 시아 최대 미군 탄약고와 훈련장 등이 운영되고 있습니다.

렌터카를 이용해서 섬 곳곳을 돌아봤는데 미군기지가 자리 잡고 있어도 군부대 시설이라기 보다는 휴양시설 같은 느낌이 들 정도 로 평화롭고 아름답게 부대가 자리 잡고 있습니다.

육군이 주력인 동두천 하고 공군, 해병대, 해군이 주력인 오키나 와 하고는 그 분위기 자체가 달랐습니다.

미군이 주둔했다라는 이질감보다는 미군부대와 현지 자연환경 이 잘 어우러진 휴양지라는 느낌이 강했습니다.

오키나와 중부 서쪽 바닷가에 '아메리칸 빌리지'라는 곳이 1981 년 반환 받은 미군비행장에 건설된 관광지라 해서 가 봤는데 별다 른 특색은 없고 월미도처럼 위락시설이 조금 갖추어진 작은 마을 이었습니다.

요즈음 오키나와가 관광지로 뜨고 있는데 류큐왕국琉球王国의 슈

리성首里城 이외에는 특별히 볼 것이 없는 아열대 휴양섬에 불과합니다.

오키나와를 둘러보고 동두천 문화도시 발전방안에 대한 자신감이 생겼습니다.

K-Pop과 K-Pop 돔을 테마로 하고 연천 DMZ 평화생태공원을 연계시킨다면 아주 훌륭한 문화관광도시가 될 수 있다는 확신을 가지고 이 방안 마련에 박차를 가했습니다."

이번엔 선승남이 부연설명을 했다.

"제가 명색이 건축가입니다.

K-Pop 돔 기본구상을 위해 여러 나라의 돔구장과 공연시설에 대한 자료를 조사했습니다.

일본에 도쿄, 후쿠오카 야후 재팬, 오사카 교세라, 나고야, 삿포로 5대 돔구장이 있습니다. 모두가 야구장입니다.

미국 뉴저지주에 대중음악 공연이 자주 열리는 그런대로 쓸만한 프루덴셜센터가 있는데 미국 프로농구 NHL 뉴저지 데블스의 홈경기장으로 1만 8천 석 정도 되는 사각 실내경기장입니다.

돈담 선생이 전에 말한 대로 뉴욕 카네기홀, 시드니 오페라하우스, 우리나라의 예술의 전당 등은 대중음악 공연에 적합하지 않은 공간이고 객석이 2천 8백석 미만입니다.

세계에 5만 명 정도를 수용할 수 있는 실내 대중음악 전문 공연장이 없다는 것이죠.

동두천에 5만 명을 수용할 수 있는 뮤직 돔을 건설한다면 이것만으로도 상품가치가 충분한데 지금 세계적으로 K-Pop열풍이 불고 있을 때 이곳에서 공연을 한다면 아마 세계가 열광할 겁니다. 제가 몸담고 있는 건설회사가 철구조물 분야에서는 세계 톱 수준입니다.

우리의 기술로 훌륭한 K-Pop 돔을 만들 수 있습니다.

이 K-Pop 돔은 최신 음향설비를 갖추고 첨단 무대를 만들어서 올림픽에서 선보였던 현재와 미래의 ICT가 결합된 운영기술이 더해진다면 정말 '환상' 그 자체인 공연장이 탄생할 겁니다.

설계과정에서 음향의 반사, 무대의 가변성과 이동성, 관객의 동선 등 디테일한 부분도 아주 꼼꼼하게 반영하여 돔에 들어서면 우주선을 탄 느낌이 들도록 세계 최고의 뮤직 돔을 만들겠습니다.

건축사 입장에서 건물 디자인은 우리나라 달항아리를 닮은 건물을 지으면 뮤직 돔 용도에 딱 맞을 것입니다."

김치국이 나섰다.

"서울 교외선에 K-Pop열차를 달리게 하는 것, GTX를 동두천까지 연장하는 것 등은 예산이나 기술적으로 그렇게 어려운 문제가 아닙니다.

이 자리에서 언급하고 싶은 것은 한국이 경의선을 복원하여 중국 횡단철도 TCR과 연결하고 동해선을 복원하여 시베리아 횡단철도 TSR과 연결하는 큰 그림을 그리고 있는데 이보다는 철원에서 조민국 원산까지의 경원선을 시범적으로 먼저 복원 연결하여 운행을 해 보는 것이 비용이나 효과 면에서 훨씬 우위에 있다는 것입니다. 부수적으로 철원에서 금강산까지의 노선도 함께.

이렇게 되면 서울에서 원산과 금강산을 접근하는데 동해선을 이용하는 것보다 시간과 돈이 3분의 1 밖에 들지 않습니다.

원산 명사십리와 금강산을 철도를 이용하여 당일에도 다녀올 수 있게 되는 겁니다.

그다음에 남북의 경의선과 동해선을 연결해도 늦지 않습니다.

여러분!

상상해 보십시요!

K-Pop공연 관람을 위해 동두천 K-Pop 돔을 찾은 관광객이 열차를 이용 해 연천 · 철원 DMZ 생태평화벨트, 금강산, 원산을 관광하는 모습을!

정말 멋지지 않습니까?!

이게 그리 어렵지 않은 현실적으로 가능한 일입니다.

이때를 대비해서라도 동두천에 K-Pop 돔이 꼭 들어서야 되고 동두천이 문화관광도시가 되어야 하는 것입니다.

저희는 이 계획을 꼭 실현시키고야 말겠습니다!"

모두가 환호했다.

발표가 끝나고 명돈담이 깜짝 발표를 했다.

"동발모 회원 여러분!

오늘은 이 발표 말고 중요한 일이 한 가지 더 있습니다.

잠시 후 정원에서 장필운과 윤선애의 결혼식이 있을 예정이니 잠식 휴식하신 후 정원으로 이동하여 주시기 바랍니다."

모두가 깜짝 놀라 비명을 질렀다.

햇바하우스 실내에서 '동두천 문화도시 발전방안'이 발표되는 동안 정원에서는 잭슨이 중심이 되어 결혼식 준비를 끝내 놓았다.

정원 한쪽 보리수나무를 중심으로 간이무대가 마련되어 있었고 모처럼 박사장이 연주복 차림에 색소폰을 들고 섰다.

　박사장은 색소폰 동호회 활동을 꾸준히 해서 연주 실력이 정상급에 다다랐고 주말을 이용해 보산동, 소요산, 사회복지시설을 찾아다니며 연주를 하는 봉사활동을 하고 있다.

　주례는 없었다.

　"신랑 신부 입장"

　박사장이 웨딩마치를 색소폰으로 연주했다.

　장필운은 늠름했고 윤선애는 눈부셨다.

　환갑을 맞은 신랑 신부도 이렇게 아름다울 수 있다는 것과 환갑의 나이에 초혼初婚을 하는 것에 대한 실증實證의 순간이었다!

　축가는 성악가인 모니카의 남편이 '퍼햅스 러브Perhaps Love'를 불렀고 박사장이 색소폰으로 반주를 했다.

　54년을 사귀다 환갑에 결혼 한 두 사람을 바라보며 이게 아마도가 아닌 진정한 사랑이라는 사실에 모두가 숙연해 졌다.

  명돈담이 자작 한 축시祝詩 낭송이 있었다.

  그대의 노래

  세상에 태어나
  환력還曆을 걸어오니

  하늘과 바다가 맞닿은 곳
  고운 모래 반짝이고

  후박나무 숲 넘어
  불어 온 바람

  사랑의 향기 되어
  우리를 감싸네

  나는
  그대의
  노래가 되고 싶다

  * 환력還曆 : 61세

신랑 신부는 박사장이 연주하는 한상일의 '웨딩드레스'에 맞춰
퇴장을 했다.

피로연이 정원에서 이어졌다.

장필과 선애가 평상복으로 갈아 입고 합석했다.

장필이 말했다.

"친구 여러분!
저는 이제야 제3의 인생을
제가 54년간 갈망해 온 사람과 함께 시작합니다.
모두가 여러분 덕분입니다.
감사합니다.
저희는 이제
서울, 제주도, 부산, 목포를 3개월씩 돌아가며 살게 됩니다.
그곳에서 농사를 짓는다든지 이런 일은 하지 않고
저는 그동안 하지 못했던 공부를 할 계획입니다.
학교를 통한 공부가 아닌
책을 통한 공부를 스스로 해서

언젠가는 여러분께 그 결과물을 내놓겠습니다.

지금

마음이 아주 편하고 행복합니다.

이 마음 계속 유지하며 살겠습니다.

거듭 감사합니다!"

장필의 목소리가 평생 처음 가늘게 떨렸다.

………

선애가 말했다.

"동두천은 저에게 진주였고

장필은 그 진주를 실에 꿰어

제 목에 걸어 주었습니다.

… 잠시 눈물 …

앞으로

장필이 더 좋은 사람이 될 수 있도록 내조하겠습니다.

여러분께 꼭 부탁드리고 싶은 것은

동두천 K-Pop 돔을

세계 어디에 내놓아도 손색이 없을 만큼
훌륭하게 만들어 달라는 것입니다.

요즈음 BTS방탄소년단가 한참 뜨고 있는데
한국의 아이돌 그룹들이 잠실 학생체육관이나 야구장에서 공연을 한다는 것은 K-Pop 발상지 한국으로서는 있을 수 없는 일입니다.
이들이 편하게 마음 놓고 공연하고 전 세계의 팬들이 마음껏 즐기고 갈 수 있는 공연장을 만들어 주십시오.
그리고 그 K-Pop 돔에 대한민국을 대표하는 패션 브랜드가 꼭 입점할 수 있도록 해서 한국을 방문하는 전 세계 사람들이 한국의 패션산업에 대해 주목할 수 있게 해 주시길 바랍니다.
감사합니다!"

선애를 부러운 시선으로 바라보던 모니카가 선애의 손을 꼭 잡아 주었다.
모니카의 눈가에도 이슬이 스쳤다.

이런 일이 있을 수 있는 건가?!라는 생각이 들기도 했지만 눈앞에 이런 일이 일어났다.

피로연이 끝나고 장필과 선애는 제주도로 출발했다.

●● 속뜻

2017년 5월 9일 박근혜의 파면으로 약 7개월 앞당겨진 제19대 대통령 선거에서 문재인이 당선되었고 다음 날 대통령 취임식이 열렸다.

앞에 일어 난 일련의 정치적 사건은 시사하는 바가 매우 크다.

한국에서 이번 대통령이 바뀐 과정은 바른 선택의 여부를 떠나 무능한 정치집단과 대통령을 가장 민주적으로 헌법에 정해진 절차에 따라 바꾼 세계 정치사에서 찾아보기 힘든 사례가 되었다.

한반도에 1948년 '민주주의'가 도입된 지 70년 만에 일어 난 일이다.

정치제도상 민주주의의 시발점을 1776년 7월 4일 미국의 독립선

언으로 본다면 민주주의 240년 역사상 처음 있는 일 일 것이다.

  2018년 2월 9일 금요일 오후 8시
  평창에서 제23회 동계올림픽이 시작되었다.
  조민국의 김정은 여동생 김여정이 KTX를 타고 개막식에 참석하였고 문재인 대통령이 개회를 선언하였다.
  한국이 하계올림픽, 월드컵 축구대회, 동계올림픽을 모두 개최한 몇 안 되는 나라에 들어가는 역사적인 순간이었다.

  1988 서울 하계올림픽은 전두환 정권 때 유치했고 노태우가 개회를 선언했다.
  2002 한일월드컵은 김영삼 정권 때 개최지가 결정됐고 김대중이 개회를 선언했다.
  2018 평창 동계올림픽은 이명박 정권이 유치를 했고 문재인이 개회를 선언했다.

  노태우는 그렇다 치고 김대중, 문재인은 이념과 색깔이 다른 보수정권에서 유치한 행사를 거부하지 않고 개회를 선언한 것이다.

  여기에 많은 함의含意가 담겨 있다.

스포츠 행사라서 페어플레이 정신을 발휘 해 그런가?!

정치도 페어플레이 정신이 있어야 한다.

한국의 정치는 페어플레이 정신이 너무나도 결여되어 있다.

한국은 이승만 정권 때부터 시험용 원자로를 도입하여 원자력 기술에 관심을 가졌고 이후 일궈 온 원자력산업을 바탕으로 현재 세계 최고의 기술로 안전성과 경제성을 확보한 원자력발전소 건설 계획을 아무리 대통령의 선거 공약이라 해도 하루아침에 폐기하는 것은 개막식을 목전에 둔 올림픽을 반납하는 것 못지않은 국가적 경제적 손실이 예상된다.

원전정책의 폐기는 완전한 공론화와 신중한 검토를 거친 뒤 좀 여유를 가지고 천천히 해도 되는 일이니 뒤로 미루고 대통령 집무실을 광화문으로 옮기는 일을 먼저 했어야 했다.

문재인 대통령이 평양을 방문하고 김정은과 함께 백두산에 올라 천지의 물에 손을 적신 것은 잘한 일이다.

하지만 평양의 강제 동원된 군중을 보고 감격에 겨워 감정을 다스리지 못하는 모습은 민주화 운동을 해 온 전력과 국가의 상황을 감안한다면 아주 부자연스럽고 앞뒤가 맞지 않는 모습이다.

김정은을 서울로 초청한 것도 아주 잘한 일이나 야당 정치인이

나 기자들을 자주 만나지 않는 등 소통이 잘 되지 않는 것은 다른 대통령들과 다를 바 없다.

2018년 7월 6일
트럼프는 중국과의 무역전쟁을 시작하였다.
일반인이 생각했던 것보다 아주 큰 싸움이 벌어졌다.

2016년 스위스 다보스포럼에서 클라우스 슈밥이 제4차 산업혁명이 시작되었음을 선언하였을 때 제4차 세계대전이 일어날 것 같았던 예감이 현실이 되어 버린 것이다.

미국과 중국이 무역전쟁을 하면 1차 피해 당사국은 한국이다.
이 전쟁에서 한국은 중재자 즉 지렛대나 시이소오의 지지점 역할을 해야 한다.

일본이나 러시아가 중재를 하려는 의사가 있을까?!
이런 중재는 한국이 잘할 수 있을 것 같다는 생각이 든다.
정치인과 경제인이 손을 잡고 외교를 앞세워 중재에 나서야 한다.
한국은 이 역할을 충분히 할 수 있다고 본다.

지렛대나 시이소오의 지지점이 크기가 커서 지지점 역할을 하는 것이 아니다.

지지점의 역할은 위치와 타이밍이다.

지금 한국이 분배나 최저임금 등에 대한 논쟁으로 에너지를 소모할 때가 아니고 이런 지지점의 역할에 눈을 떠서 역량을 모아야 할 때인 것이다.

문재인 대통령이 한반도를 지지점으로 국제정세의 조정자 역할 즉 지지점 노릇을 잘하고 있다.

국민들은 이 속 뜻을 잘 알 수 없으며 대통령이 이 속 뜻을 국민에게 말할 수도 없다.

말하는 순간 외교도 아니고 전략도 아닌 엉망이 되어 버리는 것이다.

여기서 정치인의 노련한 기술이 필요하다.

한국의 대통령이 '통일은 대박이다' 같은 섣부른 용어를 사용하면 통일은 오히려 멀어진다.

이 말을 듣고 미 · 중 · 일 · 러의 많은 정치인들이 속으로 웃었을 것이다.

"한반도의 통일을 자기 혼자서 하나?!" 하면서.

무역전쟁이든 군대를 동원한 전쟁이든 시작과 끝이 있다.

1950년 시작된 6.25 전쟁은 1953년 7월 27일 정전停戰협정이 맺어진 이래 66년째 전쟁이 멈춘 상태 즉 휴전을 유지하고 있다.

문재인 정부는 이제 종전을 선언하고 협정을 맺어 평화체제로 전환하자고 움직인다.

지나간 여러 정권에서 진작 추진했어야 할 일이다.

속뜻은 통일에 있을 것이다.

하지만 박근혜 정권의 예에서 보았듯이 '통일합시다!'라든지 '우리의 목표는 통일입니다!'라는 말을 쉽게 할 수 없음을 국민은 이해해야 할 것이고 정부는 이런 속뜻을 국민에게 간접적으로 전달하는 세련된 면이 있어야 한다.

외교와 국가의 전략을 모두 다 말할 수는 없다.

언론은 이러한 간접 메시지를 국민이 잘 이해할 수 있게 역할을 해야 한다. 그러려면 정부와 언론의 관계가 건전해져야 한다.

문재인은 2018년 9월 26일 유엔총회 연설에서 아주 중요한 간접 메시지를 전 세계에 보냈다.

『평화협정이 체결되고 난 이후에도, 심지어는 남북이 통일을 이루고 난 이후에도 동북아 전체의 안정과 평화를 위해서 주한미군이 계속 주둔할 필요가 있다고 본다.』

미군 철수가 통일의 전제조건이 아니고 한국의 미래와 생존을 위해서는 미·중·일·러를 잘 이용하겠다는 속뜻을 간접적으로 표현했다고 볼 수 있다.

주한미군을 강제로 철수시킬 수도 없고 철수하겠다는 미군을 억지로 막을 수도 없다는 것을 잘 알고 있음을 엿볼 수 있는 대목이다.

요즈음 시중에 문재인 정부는 좌빨정권으로 한국을 조민국에 상납하려 한다는 말이 나돈다.

2017년 기준 GDP 순위 세계 12위의 나라, 2018년 기준 살기 좋은 나라 18위 미국의 사회발전 조사기구 SPI 발표 자료의 멀쩡한 나라를 어떻게 빈사상태에 놓인 기관차도 제대로 달리지 못하는 철도를 가진 조민국에 갖다 바친다는 말인가?!

이런 말도 되지 않는 말로 쓸데없는 걱정거리 즉 기우杞憂를 만들어 힘을 소비하고 빼는 것은 정말 지양止揚해야 할 일이다.

무력에 의한 제4차 세계대전 발발의 가능성도 간과할 수 없다.

이 발발 예상지 중의 하나에 한반도가 들어간다.

이 역시 한국이 지지점 역할을 잘해서 전쟁을 막아야 한다.

국방을 소홀히 해서는 안 되는 요인이기도 하다.

예일대 교수 폴 브래큰은 냉전시대 이후 인도·파키스탄·이스라엘·조민국 등이 핵무기를 보유해서 '제2차 핵시대'가 도래했으며 통제력이 약한 특정 국가에 의한 우발적 핵전쟁 가능성을 말했다.

국가 자폭自爆의 가능성과 2차 피해를 우려하여 이런 국가에 대한 무장 해제 방안을 언급하기도 했다.

특히 조민국이 핵무기를 지렛대의 지지점으로 삼는 것이 근래 한반도의 골칫거리이자 현안문제이다.

절묘한 외교와 정치인의 지혜가 필요한 때다.

조민국이 과연 핵무기를 사용할 수 있을까?라는 것과 조민국에 대한 강한 제재로 핵무기를 포기하게 할 수 있을까?라는 물음에 대한 답은 평범한 국민이 내놓을 수가 없다.

국민투표로 답을 구할 수도 없다.

이 답은 국가가 외교를 통해서 얻어야 할 것이다.

10만 군중을 일사불란하게 움직이게 하고 국가 지도자 앞에서 주민이 엉엉 울며 광분하는 조민국의 체제가 변해야만 제2차 핵시대 중심지의 하나인 한반도에서의 위험도를 낮출 수 있는데 그 구체적인 방법을 일반 국민에게 세세하게 공지할 수는 없을 것이다.

정치인은 이런 속뜻을 알게 하는 고도의 기법과 전략이 필요하고 이 속뜻에 믿음을 갖게 해야 한다.

한국은 3차 산업혁명이 시작될 무렵에는 후진국이었지만 3차 산업혁명을 잘 소화해서 이제 선진국의 문턱에 서 있는데 4차 산업혁명이 시작되었다.

4차 산업혁명의 핵심분야에서 한국은 아직은 부족한 분야가 있지만 선두그룹을 이루고 있다. 한국이 이 분야에서 성공하면 명실상부한 강국이 될 수 있다.

이 분야에 집중해서 강국이 되면 통일도 그만큼 앞당겨질 것이고 복지와 분배의 문제도 자연스레 해결이 될 것이다.

현대사회에서의 정치는 경제를 가장 먼저 챙겨야 한다.

나라가 잘못되어 국민이 가난 해 지는 것을 국민은 결코 원하지 않는다.

지지율은 국민의 정치에 대한 만족도이다.

목전의 지지율 때문에 이벤트형 정책을 펼치면 금방 바닥이 드러난다.

이것이 지지율의 핵심이다.

2018년 12월 11일

동두천 발전재단 사무실에 낭보朗報가 날아들었다.

국토교통부가 의정부~금정 간의 GTX C노선을 양주시 덕정~수원까지 연장하는 방법으로 수익성을 높여 예비 타당성 조사일명 예타를 통과시켜 사업 추진을 확정했다.

양주시 국회의원 D당 J의원과 양주시 관계자들이 밤낮없이 지역사회 발전을 위해 뛰어다닌 노력이 결실을 맺은 것이다.

동두천의 '더 드림 K-Pop 돔' 접근이 한결 용이해졌다.

GTX가 양주시 덕정까지 들어오면 덕정에서 '더 드림 K-Pop 돔'이 자리하게 되는 보산역까지는 불과 두 정거장으로 노선을 새로 깔지 않고 연장운행만 가능하게 해도 문제될 게 없다.

물론 노선까지 연장해서 깔면 금상첨화다.

동두천 문화도시 발전 인프라 구축 방안의 가장 큰 현안문제가 자연스럽게 해결된 것이다.

 '더 드림 주식회사'의 대표이사로 박사장이 선임되어 회사의 설립이 완료되었다.

 박사장은 취임사에서
『'더 드림 K-Pop 돔'을 성공적으로 건설해서
 동두천시가 문화·관광도시로 다시 태어나는데 선도적인 역할하겠다.
 동두천을 K-Pop의 성지聖地로 만들어 관광산업을 일으키고 DMZ생태평화공원, 금강산, 원산 관광의 전초기지가 되어야 한다.
 이렇게 돼서 해외에서 연간 수 백만의 관광객이 현재의 중부전선을 넘나들면 국제사회의 관심은 더 높아질 것이고 전쟁은 자연스레 억지될 것이며 한반도에는 평화가 찾아올 것이다.

 이것이 '더 드림 주식회사'의 목표다.』
 라고 말했다.

 이후 모든 계획은 순조로이 착 착 진행되었다.

●● 꿈

2022년 3월 9일 치러진 대한민국 제20대 대통령 선거에서 새 대통령이 선출되었다.

2022년 3월 10일 목요일 낮 10시

새 대통령은 국회의사당 로텐더홀에서 취임선서를 마치고 국립현충원을 참배 한 뒤 곧바로 서울역으로 이동하였다.

연도에는 많은 시민들이 나와 새 대통령을 환영했다.

서울역에 도착한 대통령은 전용 열차편으로 동두천 '더 드림 K-Pop 돔 역 구 보산역을 개명, 약칭 K-Pop역'에 도착했다.

대통령은 역에서부터 걸어 은은한 백자 달항아리 모습의 '더 드림 K-Pop 돔'에 들어섰다.

5만여 청중이 기립하여 함성과 박수를 보냈다.

더 드림 K-Pop 돔에 대통령 이취임식장이 마련된 것이다.

한국에서 대통령 취임식은 여러 번 했어도 이취임식은 처음이다. 새 대통령은 문재인 전 대통령에게 퇴임하는 대통령이 받는 훈장을 수여했다.

문재인 대통령이 이임사를 했다.

『그동안 지지해 주시고 협조 해 주신 국민 여러분 감사합니다. 대한민국 헌정사상 최초로 대통령 이임식을 열어 주신 새 대통령님과 국민 여러분께 감사드립니다.

국민 여러분!

대통령은 참 힘들고 어려운 자리입니다.

새 대통령이 좋은 정책을 펼쳐 나갈 때는 정파와 이념에 관계없이 많은 협조를 당부드립니다.

저는 야인野人으로 돌아가 정치활동은 하지 않을 것입니다.

앞으로 저의 재임 중 제가 잘 알지 못하고 있던 잘못이 밝혀져 책임 질 일이 생긴다면 처벌을 달게 받겠습니다.

혹 감옥에 들어가는 일이 생기더라도 대한민국의 발전을 위한다는 마음으로 편하게 들어가서 수양修養의 기회로 삼을 것이니 저의 잘못이 있다면 처벌해 주시기 바랍니다.

　새 대통령을 중심으로 대한민국이 부강하고 행복한 나라가 되기를 간절히 염원하고 성원하겠습니다.
　감사합니다.』

　새 대통령의 취임사가 이어졌다.

『국민 여러분과 함께 대한민국을 꿈과 희망의 나라로 만들겠습니다.
　경제, 외교, 국방, 문화, 복지 등 모든 면에서 지금 보다 더 강한 국가를 만들어 세계 어느 나라도 우리 대한민국을 함부로 할 수 없고 세계에서 가장 살기 좋은 그런 나라를 만드는 데 저의 모든 것을 바치겠습니다.
　세계에서 가장 살기 좋은 나라가 되면 통일 대한민국이 자연스럽게 우리의 눈 앞에 펼쳐질 것입니다.

　국민 여러분과 함께 가겠습니다.
　감사합니다.』

전·현직 대통령의 이·취임 연설은 특별히 짧고 쉽게 했다.

사실 그동안의 대통령 취임사는 장황하기 그지없었다.

그리고 그 취임사대로 국정이 운영된 예도 별로 없다.

취임식에서의 취임사는 짧고 쉽게 한 대신 '새 대통령 나라 운영 방침'이 유인물로 배부되었다.

축하공연 1부가 펼쳐졌다.

BTS, 블랙핑크 등 아이돌 그룹이 중심이 된 환상적인 공연이었다.

청중은 열광했고 말 그대로 축하의 도가니였다.

비용은 많이 들지 않았지만

88서울하계올림픽, 2002월드컵, 2018평창 동계올림픽 개막식 못지 않은 알차고 흥겨운 취임식이었다.

1부 공연이 끝나고

전임 대통령과 후임 대통령은 하객으로 참석한 외국의 국빈 등과 함께 동두천 K-Pop역으로 이동하여 'K-Pop 드림 열차'에 탑승했다.

열차의 이동경로는 K-Pop역, 녹양역, 송추역, 대곡역, 디지털 미디어시티역, 서울역이었다.

전·현직 대통령은 특별열차 내에서 약 20분간 공연과 영상을 감상하고 대담을 나눴다.

문대통령이 말했다.

"경원선 남북철도를 조속히 연결하여 이 열차를 타고 금강산도 가고 원산 명사십리도 가봤으면 좋겠습니다."

새 대통령이 말했다.

"제 임기 중에 가능하도록 최선을 다 하겠습니다."

새 대통령은 열차 내 별도 공간에서 일부 국빈과 따로 대화의 시간도 가졌다.

K-Pop 드림 열차는 서울역에 도착했다.

새 대통령은 양산으로 출발하는 문재인 전 대통령을 배웅하고 청와대로 돌아왔다.

더 드림 K-Pop 돔에서는 2부 공연이 끝났다.

이번 행사에 동발모 회원 전원이 부부동반으로 초청되어 참석했다.

정미소, 장필운, 권종칠, 박사장 부부는 귀빈석에서 취임식을 관람했다.

행사 주최 측에서 이들에게 대표 한 사람이 인사말을 해달라는 요청이 있었으나 이들은 정중하게 거절했다.

이들은 모든 행사가 끝난 뒤에도 한동안 자리에 그대로 앉아 있었다.

미소의 남편 대니가 말했다.

"대단합니다!
이럴 수가 있다니!
대한민국 참 대단합니다!"

성악가인 모니카의 남편이 말했다.
"꿈의 공연장에서 꿈같은 공연이 펼쳐졌습니다.
이런 공연장을 만들 수 있는 한국의 수준이 놀랍고 자랑스럽습니다.
공연장이 원형으로 되어 있어서 참 좋습니다.
저희 자리는 로얄석이 아니었는데도 마치 로얄석에 앉은 느낌이 들었습니다.

아마 모든 객석이 그랬을 겁니다.

세계 유명 클래식 공연장보다도 뛰어납니다.

클래식 공연을 해도 전혀 문제가 없는 아주 훌륭한 공연장입

니다.”

이들은 돔을 나와 보산동 관광특구를 걸었다.

말 그대로 인산인해였다.

그 칙칙하던 보산동이

밝고 생기가 넘치는 대중문화예술의 거리로 싹 바뀌었다.

거리의 한쪽은 모든 유명상표의 옷 가게들이 들어섰고

한편은 잘 디자인된 클럽과 K-Pop관련 업종이 들어섰다.

첨단 ICT가 적용되어 스마트화 된 거리에는 음악이 흘렀고

무엇하나 나무랄 것이 없었다.

모니카의 남편이 또 말을 꺼냈다.

“K-Pop은 묘한 마력이 있어요.

일단 신이 나고 눈과 귀가 아주 즐거워집니다.

그러면서

현실을 잊고 위로받으며 희망이 보입니다.

댄스와 멜로디 그리고 노랫말
이 조화의 힘이 엄청나요.
내가 성악가이지만
K-Pop 아주 좋아합니다."

관광특구의 남쪽에는 먹거리가 조성되어 있다.

이곳에서 간단하게 식사를 마친 이들은 턱거리 쪽으로 걸음을
옮겼다.

미소가 말했다.
"야~!
우리가 어릴 적 살던 동네!
대니!
생각나지?!"

"아! 저기가 내가 영어 배우던 미소 집 맞지?!"
"맞아! 저 집에 지금 누가 살아?"
박사장이 나섰다.
"나도 잘 몰라!"

선애가 필운에게 말했다.

"필운아!

우리 이다음에 죽으면 턱거리에 같이 묻히자!

저~기 정해 옆자리에!"

"좋아!"

그들은 아직 친구였다!

그리고 꿈은 현실이 되었다!

6.25전쟁과 미군의 주둔으로 생겨나
한국을 위해 희생한 도시
기지촌이란 성격 때문에
얻은 이익과 받은 피해가 공존하는 도시
K-Pop의 고향
동두천

이 도시가 침체되고 활력을 잃어
문화의 도시로 부활시키고자
이 소설을 썼습니다.

이 책은 소설로만 읽혀야 합니다.

역사는 문학이나 음악·미술 등 예술과는 달리
감성적이거나 감정적으로 해석되어서는 곤란하다는 점을
염두에 두고
근현대의 역사를 바탕으로
사람을 담고 있는 사회를 한 번 더 생각하며

대한제국 무렵과 흡사하게 돌아가고 있는
한반도의 정세를 들여다보고

김정은과 트럼프의 등장으로 소용돌이가 거세진 한반도,

생기를 잃은 동두천이
발전할 수 있는 방법을 궁리해 봤습니다.

도와주시고 수고해주신
모든 분들께 감사드립니다.

2018년 12월 31일
산다헌山茶軒에서
최재황 올림

| 더 드림 K-Pop 돔 연결 예상도 |

원산시

금강산

경원선

내금강

금강산선

황주군

봉산군   서흥군

평강군

신계군   이천군

철원군

양구군

황 해 도

금천군

철원

화천군   강 원 도

평산군

DMZ 생태평화벨트

장단군   연천군

연백군

동두천시
더 드림 K-Pop돔

개풍군

가평군

강화군

홍천군

서울특별시

경 기 도

횡성군

양평군

인천국제공항

옹진군

- 인천공항철도(공항↔서울역)↔GTX(서울역↔청량리↔동두천 K-Pop돔역)
- K-Pop드림열차(인천공항 ↔ 디지털미디어시티 ↔ 대곡↔일영↔
  송추↔녹양↔덕정↔동두천 K-Pop역)
- 고속도로 I : 인천공항 ↔ 노오지JC(김포) ↔ 서울외곽순환도로↔
  의정부 ↔ 동두천
- 고속도로 II : 인천공항 ↔ 북청라IC ↔
  수도권제2외곽순환도로(예정) ↔ 동두천

음성군

그대의 노래가 되고 싶다

The Dream of K-Pop Dome

글쓴이 | 최재황
초판 펴낸날 | 2019년 3월 20일

펴낸곳 | 도서출판 산다
펴낸이 | 최예지

등록 | 2017년 1월 5일 제 307-2017-1호
주소 | 서울시 성북구 동소문로 26마길 8 플로라의 뜨락 403호
전화 | 02 925 9413
팩시밀리 | 0502 925 9413
전자우편 | sanda001@naver.com

디자인·인쇄 | 엠앤디하나

ISBN 979-11-966122-1-4
값 15,000원

잘못 만들어진 책은 구입하신 곳에서 바꾸어 드립니다.

이 도서의 국립중앙도서관 출판예정도서목록(CIP)은 서지정보유통지
원시스템 홈페이지(http://seoji.nl.go.kr)와 국가자료종합목록시스템
(http://www.nl.go.kr/kolisnet)에서 이용하실 수 있습니다.
(CIP제어번호 : CIP2019007309)